おとぎ電車はどこへゆく

佐藤光直

Sato Mitsunao

幻戯書房

目次

装幀　真田幸治

おとぎ電車はどこへゆく

花づくし

少し開かれたシャッターをかいくぐって、外の光が射し込んでいる。太い輪ゴムで密封された青い透明のビニール袋が、タレのしみついたコンクリートの床に置かれている。はちきれんばかりにつめこまれた豚の臓腑が三稜鏡《プリズム》のように、とりどりの色を放ち、そこだけが妙に華やいでいた。

ぼくは薄暗い店内の仕込み場に腰を降ろして、それを眺めている。あの牡丹のように白いのが腸、満開の桜のようなのが舌、紅葉のようにあでやかなのが頭部の肉、赤萩のようなのが心臓と肝臓。これから、ぼくの手にかかり、もつ焼きに変わってしまうのが、おしいぐらいに美しい。

ぼくは、いつもより長い時間それを見つめてから、店内の電気をつける。そしてゆっくりと立ち上がってビニール袋を仕込み場に運び、俎《まないた》の上に臓腑をのせる。鍵のかけていないシャッターをあけて、配達人が臓腑を置いていくのが朝の九時頃である。ぼくの仕込みの開始は十時ということになっている。ところが、最近は偵子と夜明けまで花札をしているので、十一時頃になってしまう日が多い。もっとも、ママの和代は昼過ぎにしか出てこないから、バレてはいない。お風呂へいく三時からの休憩時間を含めて、午前十時から午後十時までの十二時間の時間給をもらっている。いまのところ、ぼくはこの仕事に満足している。とくに偵子が焼肉屋の店員として働くようになってからは、充実した日が続いている。初めはバイトのつもりで、夕方だけだったのが、いつの間にか本職のようになってしまった。むしろ大学へ行くのは億劫なのだから、その方が良い。自動的に中退ということになるだろうが、後悔はない。怖れていることといえば、それが田舎の両親に知られて仕送りが途絶えてしまうことぐらいだ。しかし、もう覚悟はできている。十九歳になれば自分の意志で生きていけば良い。

ぼくはもつ焼きになりそうなすべての臓腑を種類別に分け、その中から舌だけを俎上にのせる。包丁の先を舌の先にあてて、真直ぐに切り裂く。さらに二つになった舌の片方を、小さく刻み込んでゆく。串に刺すだけの形になると、もう舌のおもかげは微塵もない。鮮紅色のタンがプラスチックのバットに山積みになる。その手順で心臓や肝臓も刻んでゆく。それぞれのバットに盛られたレバーやハツやナンコツやシロ。それを、次々と串に刺してゆく。初めのうちは指先に串が刺さり、血が吹き出し、なかなか痛みがとれなかった。とくに、ナンコツやカシラは固いので、力を入れるとつい指先を刺してしまう。その上時間がかかる。逆にレバーはやわらかすぎてやりにくい。シロは針で縫うように刺す。いちばん容易なのはハツだ。ぼくは一日、約五百本の串を刺す。今では機械のような早さで刺すことができるようになった。それをバットにきれいに積み重ね冷蔵庫に入れる。仕込みが終われば、お風呂へ出かけて一番湯に入る。それでも時間があまるときは駅前のパチンコ屋へ出かける。そして、五時からレバーに下火を通して客を待つ。ぼくの一日はそんな風に過ぎていた。

だが偵子がきてからは、少しずつ変化しはじめた。偵子は中学を卒業すると、川崎で美容師の見習いになったが、一年もたたぬうちに足立区の綾瀬で焼肉屋を経営している叔母のところへ移ってきた。

焼肉屋の仕事は夜が遅い。そこはいつも午前二時頃までやっている。ぼくは仕事が済むと、ときどき顔をだしては、ビールなどを呑んでいた。偵子がきてからは、毎日顔をだすようになった。呑んでいる時間も長くなった。同業のよしみからか、偵子はぼくに好意を示しているように思えた。偵子は店の奥にある四畳半に寝泊まりしていた。仕事が済むと偵子の叔母はシャッターを閉めて、外階段から子供たちのいる二階へ登っていくのが常だった。偵子が外へ出るためには、再びシャッターを開けなければならなかった。その音が二階まで届くことは、偵子がいちばん心得ていた。

「まずいのよネ、音が大きいでしょ。うまく逃げ出す方法ないかしら、おにいさん考えてよ」

偵子はぼくのことをおにいさんと呼んだ。もっとも、ぼくだけでなく、若いお客さんはすべておにいさんなのだ。

「窓から飛び出せばいいじゃない」

ぼくは冗談のつもりで応えた。ところが偵子はなるほどとうなずいて、早速実行したのだ。猫のような身軽さで窓から飛び出し、店の裏にあるぼくのアパートへ来た。それも、ぼくと花札をしたいばっかりに出てくるのだ。客がとぎれたときに、叔母に教わった、こいこいがやみつきなったらしく、ぼくを相手に稼ごうというのである。夜明けまで興じる日がたびたびだった。それどころか、昼の三時過ぎにぼくの仕事があくのを知って、一時間でもいいから、やろうと言い出す始末なのだ。でも、ぼくは迷惑どころか、そんな偵子の強引さに好感を抱いて、少しでも二人でいたいという気になっていた。

　和代が店に出てきて、煮込みをつくりはじめる頃、ぼくは一通りの仕込みを終え、焼台の掃除をはじめる。炭火で焼いていたのでは、効率が悪いということで、ガスに切りかえてからは掃除の手間も省けるようになった。和代に「十時前からやっているの」と言われたときには、ドキッとしたが、「この頃、仕事早いから」とつけ加えられて、ホッとする。「慣れたせいですよ」と応えたが、事実、仕事は早くなっていた。三時にアパートへ戻れば偵子が来る。その思いが働いているのだろう。かといって、仕事が雑になったわけではない。偵子のせいで能率が上ったのだ。

　ぼくは三時前にアパートへ戻り、偵子が来るのを待った。横になってテレビを眺めていたが、画面を目が追っているだけで、内容など頭に入るはずがない。平屋建て三室、それぞれに単独の玄関がついている貸家式のアパート。ぼくと老夫婦と三十過ぎの女性がここの住人だ。昼にいるのはぼくだけだ。通りから一歩奥まった静かな住まい。陽当りはよくないが、今のぼくには最高の環境といえるだろう。

「おにいさん、いる、私くやしい、あと一枚で五光だったのに」

偵子の台詞はまず昨夜の勝負の結果から、切り出す。それが、またぼくには微笑ましい。勝ったときの目を細めた笑み、ぼくはそのいちいちの表情や動作が嬉しいのだ。

ぼくはじっと待った。ところが、二十分過ぎても、三十分過ぎてもこない。ぼくは立ち上がって窓をあけてみる。来る気配が感じられない。玄関に出て、偵子が夜飛び出してくる窓を眺めてみる。閉めきったままだ。歩いて店の前まで行ってみる。シャッターも閉じられている。出かけたのだろうか。部屋へ戻って、いろいろ詮索してみるが、せいぜいショッピングぐらいしか思い当らない。それとも何かあったのだろうか。急に、不安がもたげてくる。ぼくはそれを打ち消して、考えてみれば、約束しているわけではないし、必ず来るという確証などありはしない、と自分をなぐさめる。しかし、それが日課のようになっていると、つい来ると思い込んでしまうのも事実だ。そして、まだ来るかも知れないという期待も捨てきれずにいる。テレビが四時を告げている。そろそろ店に戻らなければならない。もう花札をしている時間はない。それでも、ぼくは偵子の顔だけでもみたいと思っている。

「ごめん、買物に行っておそくなっちゃった」

息をきらしながら、そう言って窓から顔を出す偵子を待っている。時計を見る。四時十分だ。

ぼくは邪慳にテレビのスイッチをきって、店に戻る。

「向井さんという女の人から電話あったわよ、最近、学校へ行ってないんだって、店は夕方からでもいいのよ、夜、仕込んで冷蔵庫へ入れておけばなんとでもなるから」

「大学は大丈夫です、暇をみて行きますから」

和代にそう応えたが、内心では偵子との事が知られないようにするには、ときどき女性から電話があるのもいいと思った。ぼくは向井可南子という同級生から児童文学のサークルへ執拗に誘われていた。入学式で隣合わせになった縁である。試験の時にノートを借りたり、喫茶店でお茶をしたりしたがそれ以上の関係にはならずに一年が過ぎていた。


もつ焼きと書かれた暖簾《のれん》の「も」という字が右手でぷいと持ち上げられたかと思うと、「ママ」という頓狂な声をだして、神経痛の山田が入ってくる。

「また、馬にニンジン、やりすぎちゃったのでしょ」

和代が神経痛の機先を制するように「いらっしゃい」の挨拶を競馬の話に代える。ぼくは振り向きもしないでレバーに下火を通している。

「いや、今日はニンジンじゃない、ボートの漕ぎすぎさ、手が熱くなってマメが出るほどなんだよ」

丸い顔に細い目、太った体軀をしながら、冬の間中、腰が痛いと言い続けてきたギャンブル狂の男。腰のあたりに手をやりながら、不自由そうに椅子に座ると、和代の出した水をぐいと飲み干す。

「腰の方はどうなの、もう春だというのに、ほんとは神経痛とかなんとか言っちゃって、おはげみ過ぎじゃないの」

「よくわかっていらっしゃる。さすがママだね。ま、一杯くれよ。かけつけ三杯っていうじゃない、今日は払うよ」

「ニンジンに化けちゃったんでしょ」

和代はそう言いながらコップになみなみと焼酎を注ぐ。神経痛が粋な素振りで入って来るのは金のない日に決まっていた。

「酒は焼酎に限るね。清酒はまずくていかん。焼酎にはタンの塩焼きがよく似合う。もうできるだろう、あんちゃん。タン塩焼いてよ」

ぼくは店であんちゃんと呼ばれている。隣の魚屋のかみさんがそう呼んだのが始まりである。宗像利彦という名前があるのだが偵子も本名には興味を示さない。

「ハイ、タン塩、五本ね」

ぼくが返事をしないので、代わりに和代が返事をする。ぼくはバットからタンを取り出して塩をふりかける。それをのぞき見るように神経痛が、

「今日のタンは脂がのっているね」

「あら、いつものっているわよ。誰かみたいに」

「ママは乗られるのが好きなんだろう」

「馬じゃあるまいし、ニンジンぐらいじゃ乗せませんわよ」

ぼくは傍らにあったスイッチを肩でも叩くようにポンと押す。軒先に吊り下っていた赤提灯に灯が入る。酔っ払い男の陰嚢みたいな赤提灯の光がぼくの頬を染める。ぽつぽつと赤い陰嚢をめざして疲れ切った男たちが群がってくる時間であった。

「ママ、政美苑の娘のところへ男が来たっていう話、聞いている。わざわざ川崎から出て来たらしいね」

「まぁ、偵子ちゃんに、それでどうしたの、まだ、あの娘十六よね」

和代が身を乗り出す。ぼくは通りを眺めながら盗み聞きする。偵子に男がいたなどということは信じられない。心の動揺を必死で抑えながら、嘘だろう、そんなことがあるはずがないと呟き続ける。でも今日、偵子がぼくのところへ来なかったのは、そのせいなのだろうか、とも考える。男など、まるで関係ないような偵子に、そんなはずはない、と打ち消す。

「どうしたの、焦げているじゃない」

和代の上ずった声がぼくの背中へふりかかってきた。ふと我に返ったぼくは、急いでタンを取り上げたが、もう真っ黒に焦げている。

「すみません、すぐ焼き直しますから」

ぼくは神経痛に謝る。

「いいよ、いいよ、近頃、胃の調子が悪くてね、薬がほしいと思っていたんだよ」

「あら、調子がいいのね、神経痛の次は胃」

二人で笑いこけている。串まで焼き付いたタンを神経痛は平気で食べている。ぼくはもう一度、タンに塩をふりかけて、丁寧に焼き直し始める。

「十六でもカラダは立派な大人よ、今の子は。政美苑のママに、結婚したいって言ったらしいな、相手の男は十八らしいけど、今どきのガキはそういうことだけ早いから、驚くようなことではないわな」

偵子に男がいたなどと思いもよらぬことだった。毎朝、密封されたビニール袋から、豚の臓腑をとりだすとき、ぼくの身体の中を偵子が駆け回ってゆくのを、ぼくだけのものにしていた。思わず臓腑を強く握りしめ、その感覚に酔いしれているのだ。掌の体温と臓腑の温みとの間に交わされる奇妙な接触、そこから起こる一瞬の戦慄、偵子のものに触れる時を夢想して、俎の上の臓腑を触り続けてきたのだ。

「まだ結婚するのは早い、あと二年待てと言ったらしいな」

「へえ、ママも親代わりだから、大変ねぇ」

二人の会話を聴きながら、ぼくは仕事に身が入らなくなる。ところがこんな日ほど客が入る。店の大家の金子さん、クリーニング屋の金沢さん、洋服屋の藤田さん。常連が次々とやって来る。ぼくは忙しくなる。冷蔵庫の開閉が激しくなる。サラリーマン風の男が四人、テーブルに座る。

和代の「いらっしゃい」の声が高くなる。薄汚れたジャンパーの裏から、タイピンとワイシャツの隙間から、草臥《くたび》れた靴の底から、換気扇がストレスを運ぶかのように急回転し始める。ストレスは中通りの風に乗って、日本一汚れている川と呼ばれたこともある綾瀬川のほとりへ飛んでいくのだろうか。今日ばかりは客になりたい気分だ。ぼくは十時になるのを待った。十時になってもどうなるものではないが、早く一人になりたかった。振りかけられた塩がぶつぶつと浮かび上がってくる。もつ焼きの熱さがぼくに伝わってくるようだ。

ぼくは十時になると大急ぎで部屋へ戻り、風呂用具を持って汗を流しに出かけた。さっぱりした気分になりたかったが、頭の中は偵子のことばかり。偵子はもうぼくのところへ来ることはないだろう。政美苑へ顔を出すのもやめよう。ぼくがみじめになるだけだ。そんなことを考えて、銭湯から戻ると、消したはずの部屋の明かりが窓からこぼれている。誰か来ているのだろうか、と思いながら、窓から部屋の中を覗く。偵子だ。偵子が一人で座布団を前に花札をめくっている。

「どうしたのよ、いないから心配するじゃん、お風呂だったの」

ぼくは黙ってお風呂用具を台所のシンクへ置く。

「早くやろうよ、ねぇ」

「ここには来ない方がいいよ」

「どうして」

偵子はまるで意に介さない様子だ。

「おにいさん、今日、変よ」

変なのは偵子の方だと言いたいが、ぼくは黙っている。

「わかった、哲ちゃんのことでしょ。平気よ。土曜日しか来ないんだから。ねぇ、花札しようよ」

ぼくのとまどいなどなんのその、早速、札を配り始めている。

「哲ちゃんたら、私に結婚しようなんていうのよ。まいっちゃうよ、嫌じゃないからいいけど、まだ早いわよね、おにいさんそう思うでしょ。男ってどうしてせっかちなんだろうね」

「ぼくも男だよ、だからここには……」

ぼくは偵子に諭すように言ったが、偵子が来たことに不快感は抱いていなかった。

「おにいさんがオトコ」

偵子はそう言って笑いこける。

「おにいさんは大丈夫、私にせっかちなことなんかしない、植物的だから、哲ちゃんとは違うわよ」

ぼくは複雑な思いで、偵子の相手をしてしまう。偵子はぼくを男と思っていないのか。そうかも知れない。男と思っているならば、夜遅くに、のこのこ出てこないだろう。偵子にそう言われると、ぼくはますます手を出すこともできなくなるだろう。ぼくは哲のことをもっと知りたいと思ったが、きりだすこともできずに、札をめくっている。偵子はお店が休みだから、長い時間、花札ができるとはしゃいでいる。考えてみると、土曜の夜はぼくのところへ来なかった。いつも哲と会っていたのか。そう思うと、なぜか自分が哀れに感じられた。それでも、ぼくと偵子の生活が壊れないことに安堵感を抱いてもいた。

一ヵ月も過ぎると哲の存在はさほど気にならなくなった。むしろ、一週間に一度しか会えない哲よりも、毎日のように会えるぼくのほうが仕合せではないか、と思えるようになった。ただ、偵子はぼくに男として興味を抱いていないのが気になった。そして、店で学生風の男が話していた言葉が妙に脳裏から離れなかった。

「ヨーロッパでは異常性欲者を屠殺場とか魚河岸とか、刃物を持つ仕事にまわすらしいね。豚とか牛を殺していると、その気がなくなる。そうすれば性犯罪も減るということらしい」

ぼくも性欲がなくなっているのだろうか。「おにいさんは植物的だから」という偵子の言葉が重ね合わさって、ますます複雑になる。偵子を犯そうと思えば、毎日のように機会があるのに、ぼくにはそれができない。決して性欲がないわけではない。ぼくには勇気がないだけなのだ。そうすれば、偵子とぼくの関係が壊れそうで怖いのだ。偵子と花札をしているだけでいい。偵子の姿をみているだけでいい。ぼくは無理矢理自分に言い聞かせて、こいこいの相手を続けた。

そんな日が二ヵ月も続いた夏の初めのことだった。

夕方から雨模様になり、八時過ぎには豪雨となった。ぼくの店も偵子の店も客足がにぶり早閉めとなった。例によって偵子が来た。烈しい雨だが窓を開けると心地よい涼しさだった。ショートパンツにTシャツ姿の偵子は片膝をついて、まるで女賭博師の気分に浸っているようであった。雨の音が集中力を高めるのだろうか。ぼくも夢中になって花札に興じていた。何時頃だったろう。ふと窓の外へ目をやると人影が雨の中に見えた。「だれ」とぼくは言ったような気がする。すると、不意に玄関が開けられ、雨に濡れた男が上がり込んで来たかと思うと「この野郎」と言うなり、いきなりぼくに襲いかかってきた。咄嗟に身をかわしたはずなのに、左腕に軽い痛みが走った。「やめて」偵子の声は烈しい雨音をつんざくような勢いだった。男はその声とぼくの左腕から流れた血にたじろぐと、立ちすくんだまま、目だけを異様に光らせていた。ぼくはその男が、偵子の婚約者の哲だと気がつく前に、哲の持っているナイフに新たな恐怖を感じ、ただ震えていた。声を出すこともできない。

偵子は哲の前に立って、

「何をするの、殺すなら、私を殺してちょうだい」

と怒鳴っている。

「この人とは何もないの」

哲は茫然としていた。

「何よ、こんなものを持って」

握りしめていたナイフを偵子が取り上げ、窓から外へ放った。ぼくは急に左腕に痛みを感じ、首にかけていたタオルを口に銜《くわ》え、右手できつく縛り上げた。「大丈夫」と偵子にいい、カーテンで仕切ってある台所に立った。蛇口を思いきりひねり、腕を洗った。哲はぼそぼそとした声で偵子に呟いているようだったが、ぼくには聞こえない。偵子の甲高い声だけが聞こえる。

「そんなに疑うなら、哲ちゃん、私をここで抱いてよ、私、平気だから、早く抱いてよ」

ぼくは水道を止めて、カーテンの隙間から二人を伺うと、偵子はTシャツを脱いで、乳房をあらわにしている。鮮紅色の乳首が新鮮なタンの切り口に似ていた。二人の足元には花札が散乱している。二人は抱き合ったまま、くずれるように、ぼくの万年床に横たわった。ぼくは少年のような偵子の裸体に見とれていた。美しいと思った。腕の痛みを忘れて、身体の中を熱いものが走るのを感じた。カーテンから手を伸ばして電気のスイッチを切った。

「消さないで見ていて」

偵子が泣きじゃくるように叫んだ。ぼくはそれを振り切って豪雨の中へ飛び出した。店まで走って一分。ぼくは暗闇の店の中でしばらく興奮していた。冷蔵庫から臓腑の入った青いビニール袋を出し、仕込み場の小さな蛍光灯の前に俎を出した。真ん中が丸くすり減って、そこだけが垢抜けしたような俎。そこに解剖図のように横たわった臓腑。握りしめた臓腑にはわずかな温みがある。ぬるぬるした指先で刃渡り三十二センチの刺し身包丁を握る。不気味な光沢を放っている。ぼくはむんむんする臓腑の臭気で深呼吸する。ぼくの肺が臓腑を吸い込んでしまうと、臭気はぼく自身にとってかわる。ぼくは臓腑そのもの、臓腑の感触は偵子、偵子はぼくの……雨の音が烈しくシャッターを叩く。腸につながる肛門やコブクロを探しだす。肛門の周りにとげとげしい毛がヘアブラシのような硬さで残っている。ぼくはしばらくその周辺をなでまわし、陶酔に浸る。そして、烈しく刻み込む。雨の止む朝まで。

それ以来、偵子と哲は、ぼくの部屋をラブホテル代わりに使用するようになった。電気メーターの上に鍵を置いていたのがまずかった。哲は土曜日以外にも出かけてきて、朝早く川崎へ戻って行った。ぼくが店に出ている間ならまだしも、店が終わって部屋へ戻ると、偵子と哲は裸で抱き合っていることがしばしばあった。ぼくは仕方なく、夜遅くまでやっているスナックに入り浸り。二人が終わるのをじっと待った。頃合いをみて、部屋へ戻ると二人はぐっすりと寝込んでいる。ぼくは忍び足で押し入れの上段に入り戸を閉め、毛布にくるまって寝た。

そんなくり返しだから、偵子は店の手伝いも疎かになり、叔母との間も気まずくなっていた。当然、ぼくと花札をすることもなくなった。口をきく機会も減った。ぼくが目をさますと二人はもういない。ぼくは偵子の使用したティッシュペーパーをかき集め、その微かな香りを嗅ぐ。臓腑の臭気に似ている。偵子の存在をその一瞬に感じる日が続いた。ぼくが二人を拒否しなかったのは、そのせいばかりではない。哲のナイフの恐怖もあった。偵子がいなくなることで、自分の日常が壊れるような危惧もあった。

暑い日が続いた。じっとしていても汗ばんでくる。エアコンも扇風機もないぼくの部屋は、窓を開け、裸になる以外に防暑対策はない。ぼくはTシャツと短パンを脱ぎ捨てトランクス一枚になる。三時に貞子は来なくなっていた。冷たい畳の上に横になる。うとうとし始める。

「お願いがあるの」

窓の外から声が聞こえる。ぼくは裸のせいもあって、思わず上半身をおこし、短パンに手を伸ばす。いつになく神妙な態度の貞子に、ぼくはびっくりする。

「入ってもいい」

いつも勝手に上がり込んでいるのに、いまさら何を言うのか。でも、こんなに素直な感じの貞子を見たことがなかった。

「何かあったの」

ぼくはシャツを着ながら訊く。玄関に立っている貞子の表情は、悪さをしてしかられた子どもみたいだ。

「そんなところへ立ってないで、上がれよ」

いつもと違う感じの貞子に、ぼくはとまどってしまう。

「哲ちゃんが事故を起こしたの、お金が必要なの、十万円貸してほしいの」

貞子はそれ以上の説明をしない。いくらきいても、とにかくお金を貸してくれと言うばかりだ。

「おにいさんしか、頼れる人がいないの」

ぼくは仕方なく駅前の銀行へ行って、なけなしの預金をおろして偵子に渡した。ところがどういう神経なのか、偵子と哲はその夜もぼくの部屋で寝ていた。ぼくは外でしこたまビールを呑んで押入れで寝た。

ぼくは夜中にそっと起きる。あらかじめ用意してきた包丁を手に持って、押入れから這出る。哲と偵子の二人を刺し殺すためだ。まず、哲から、そして偵子。悲鳴をあげないように、心臓を一突きにする。赤紫色の豚の肝臓だ。俎にのせ、包丁の先を肝臓にあてて、一直線に引く、俎の上に血が吹き出る。ふとんの上に血が流れる。血の海に染まる俎。血の海に染まるふとん。三分割した肝臓をさらに串刺し用に細く刻む。頭、首、腕、バラバラに切断する。ぼくの指は液状のマニキュアのようにピカピカ光る。きらきら光る血の海だ。ぼくは快感に満ちあふれた顔をしている。ぼくは偵子の腸から肛門やコブクロにつながる部分だけを切取って、自分のペニスをあてがう。射精する。目が醒める。

なんとあとあじの悪い夢を見たのだろう。押入れを開け、静かにトイレに立った。朝の光が柔らかく射し込んでいた。時計を見る。五時二十分。こんなに早く目覚めたことがない。トイレから戻ると、哲がいないことに気がつく。偵子だけが寝ている。両腕で腹にふとんをかかえるように寝ている。胸がさらけだされ、両股が出ている。ショートパンツとTシャツ、それに蝶柄のパンティが脱ぎ捨てられている。ぼくは触れたい衝動を必死にこらえる。傍らに横になり抱きしめたいと思う。しゃがみ込んで、そっと胸に手を伸ばす。偵子は突然、ふとんを抱いたまま寝返りを打つ。後向きになった貞子の全裸が、ぼくの目に飛び込んでくる。項《うなじ》、背中、臀部、股、ぼくは貞子が寝入っているのかどうか、じっと様子を見る。五メートルもある豚の腸皮はもつ焼きのシロになる。あらかじめボイルしてあるが、そこに付着している白い脂は、ひとつひとつ丁寧に剝がし取らなければならない。白い脂に似た貞子の肌。ぼくの指先で剝がし取りたい。ぼくの舌で舐めずり回したい。なぜ、ためらうのか。カーテン越しに朝の陽が、柔らかく色を変え始める。貞子の恥毛を照らし出す。ぼくはしゃがみこんだまま、じっと見ている。哲に遠慮しているのではない。哲の顔をはっきりと見たのはあの日だけ。口をきいたこともない。哲がどういう男なのか、知りたいとも思わなかった。知ってしまえば、貞子が遠ざかる。そう思っていた。哲に対して嫉妬がないか、と言えば嘘になる。

貞子が何か言っている。ぼくはドキッとして立ち上がる。

「一月、松。二月、梅。三月、桜。四月、藤。五月、菖蒲……」

寝言だ。花札を覚えたての頃、よく口ずさんでいた花づくし。花札の花の周りには鳥獣や天象がしのび、お似合いの結ばれ方をしている。ぼくは貞子の鳥獣にもなれないのか。いいところ、風にそよぐ短冊札でしかないのか。日の出、望月、驟雷、鳳凰、満開の桜、およそ、五光にはほど遠い人間なのか。

「私とおにいさんは取り合わせがまずいのよ。私は五光ばっかり狙うでしょ。おにいさんは短冊札ばっかり。取り合わせは生まれたときから決まっているのよ、きっと」

不意に偵子の言葉を思いだす。そういえば、ぼくはカスか短冊札が好きだ。

「哲ちゃん、私、死ぬ、死にそう、もうだめよ」

偵子のあえぐような寝言をきいて、ぼくは押入れにはい上がった。そして、

「六月、牡丹。七月、萩。八月、芒《すすき》。九月、菊。十月、紅葉。十一月、柳。十二月、桐」

と呟きながら、寝入った。

偵子がぼくを起こしたのは、それから何分後ぐらいだったのだろうか。

「おにいさん、花札、貰っていってもいい」

寝ぼけたまま、ぼくは、

「あ、いいよ」

と応えて、また寝入った。


もつ焼きの「も」という字が、思いきり揺れたかと思うと、神経痛が入ってくる。

「ママ、ビッグニュース、ビッグニュース」

「どうしたの、そんなにあわてて」

和代がコップを出して、焼酎の用意をする。

「たいへんなんだよ、政美苑の娘な、男と逃げたらしい。それも、店の金をネコババして、それだけだったら、まだいいよ。店のお客さんから、手当たりしだいに一万円とか、二万円とか、借

りていたらしいんだ。騙されたのは七人もいるらしい」

「まさか偵子ちゃんが、そんな娘じゃないでしょ」

「いやぁ、オレも驚いたね。でもほんとうなんだ。政美苑のママが泣きながら話してくれたんだから」

　ぼくはいつになく真剣な表情の神経痛の顔を見て、冗談ではないことがわかった。狼狽した。偵子はぼくも騙したのか。そんなはずはない。あのときの偵子に嘘はない。ぼくは信じている。逃げたのではない。きっと旅行へでも行ったのだ。戻ってくる。きっと戻ってくる。

「男にそそのかされていたのかね」

「悪い男にひっかかったのよ。まだ十六だから男を見る目がないのよ。政美苑のママも大変ね」

　和代は興味本位に言う。偵子はそんな女じゃない。ぼくの偵子は天真爛漫で素朴な女だ。純粋な女だ。おまえらにわかってたまるか。ぼくは叫びたかった。

「花札が好きなのはね、四季の花がいつでも見られるでしょ。田舎には弓の木というのが山一面に生えていて、季節によって色が変わっていたの、色が変わると山も華やかになるの、東京じゃ見られないでしょ。だから花札の花で田舎を思い浮かべているの」

　と言っていた偵子を、おまえらは知らない。

「毎日、朝帰りをするんで、政美苑のママが注意したらしいんだ。そしたらプイと家出をしたというんだから、まったく、このごろのガキのやることはこわいよな」

「朝帰りって、どこへ泊まっていたの」

「それは決まっているさ、ラブホテルよ。金が続かなくなって、店の金をネコババしていたんだろうよ」

ぼくは神経痛の話を聴きながら、仕事が済んだら、政美苑へ寄ろうと考えていた。政美苑のママに聴けば、偵子のことがわかるような気がしたからだ。姿をくらましたとしても、哲と二人で出たのか、偵子一人なのかもわからない。意外と、今頃、ぼくの部屋で寝ているかも知れない。それとも、哲の起こした交通事故の処理にかけずりまわっているのかも知れない。ぼくは悪くとりたくなかった。偵子のいる生活を続けたかった。偵子がいなければ、臓腑に対する愛着も、あのアパートに住んでいることも、まったく意味がなくなるような気がした。

「どう、たまにはあんちゃんも一杯、呑んだら」

呑みたい気分だ。呑んで何もかも忘れたい気分だ。

「ぼくは未成年ですから、それに仕事中ですので」神経痛の誘いをことわる。

「立派だね。真面目だね。あんちゃんみたいな男もいるんだね。こういう男にほれていれば間違いないんだよな、ママ」

ぼくは神経痛の揶揄に腹が立った。ぼくは偵子にほれられるような男ではない。どうせ、いくじなしだ。女も抱けない男だ。そんな男に誰がほれるものか。だから偵子はぼくより哲を選んだのだ。ぼくは捨て鉢の気分になる自分の心をもてあましていた。

政美苑へ顔を出すと、ママはぼくを待っていたかのように、

「あんちゃん、偵子のこと知らない」

と言ってきた。ぼくは、

「何も……どうかしたのですか」

と白を切った。自分でも不思議だった。偵子のことを詳しく知りたいはずなのに、いつもぼくのところへ来ていたことがバレそうな気がして、かかわりのないふりをした。

「もう、四日も帰ってないのよ。哲ちゃんとどっかへ行っちゃったのよ。あんちゃん、思い当るところない」

ぼくは思わず「四日」と言い出しそうになって、あわてて口をつぐんだ。そして、

「思い当るところはまったくありません」

と応えていた。偵子は逃げたのではない。必ず、ぼくのところへ戻ってくる。現に今日の朝までぼくのところへ居たではないか。ここへ顔を出さないだけだ。ぼくは込み上げてくる笑いをじっと堪えてビールを流し込んだ。

「あの娘が悪いの、哲ちゃんは真面目な旋盤工で、偵子をそそのかすような人じゃないのよ。偵子がそそのかして、どっかに逃げたのよ。そう思うでしょ、あんちゃんも」

「いいえ、ぼくは偵子ちゃんの彼には会ったことありませんから」

「またそんな、土曜日には、いつも会っていたじゃない」

ぼくは勘違いだと言おうとしたが、それには触れないで、

「彼のところへ電話をしたのですか」

と訊いてみた。

「それがねぇ、四日前に勤めを辞めたというのよ。だから二人は一緒に逃げたのよ」

二人は遊びまわっているだけだ。ぼくは勝手に推測し、いよいよ確信を深めていた。今日の夜も二人はぼくの部屋で寝るかも知れない。ぼくは急いで部屋へ戻った。敷きっぱなしのふとんに寝るのは憚られた。二人が戻ってきて、ぼくが寝ていたのでは具合が悪いだろう。ぼくはいつものように押入れに寝ることにした。


太い輪ゴムで密封された青く透明なビニール袋が、ぽつんと所在なげに置かれている。ぼくは仕込み場に腰を降ろして煙草をくゆらす。紫煙が朝の光とたわむれる。シャッターののぞき窓から店内を見渡したならば、店全体がまるで鈴の空洞のように暗いだろう、と妙なことを考える。鈴の内に入っている銅の珠が、今のぼくなのだ。自らをいくら振り動かしても、その空洞の中でしか鳴り響くことのないぼく。臓腑を凝視しつづけるしかない哀れなぼくがいる。偵子のいない日常は予想通り空しい。やはり二人はどこかへ行ってしまったのだろうか。一週間たっても姿を見せない。ぼくは色とりどりの臓腑を見ながら、ふと偵子の声を聴く。

「一月、松。二月、梅。三月、桜。四月、藤。五月、菖蒲。六月、牡丹……十二月、桐。もうこれっきりね、おにいさん」

ぼくは何年でも何十年でも待とうと決意している。たとえ、二人が結婚し子どもが産れ、人並みな家庭をつくって、ぼくのことなど忘れ去ったとしても、やはり、ぼくは待ち続けようと思う。臓腑を刻みながら、偵子がぼくに戻るまで。自分にそういいきかせて、ビニール袋を俎上に運ぶ。輪ゴムをはずして、豚の臓腑を取り出す。嘔吐物のような臭気が店内にただよう。偵子の使用したティッシュペーパーの匂いだ。偵子は毎日ぼくのそばにいる。偵子は毎朝やって来る。ぼくのために、ぼくの愛撫を受けるために。ぼくは臭気の霧に包まれて、思い切り偵子を深呼吸する。

青い焔

奥さんがカウンターの下で、そっと指輪を外した。そして、右隣に座っている主人の昭夫にさりげなく渡した。すると、昭夫はトロをつまむ手付きで指輪を持ち上げ、甲高い声で「足りない分は、これで」と、カウンターごしにさしだした。それを受けて、初老の、いかにも鮨職人といった感じの大将は「あいよ」というなり、指輪を背後の棚の上に置いた。奥さんは素知らぬ顔で、ヒカリものを頬張り、指輪を外したばかりの左手でビールを口に運んだ。ぼくは数秒間の指輪の移動を、コップを持ったまま目で追っていた。

宝湯の暖簾がおりるのは夜の十一時である。昭夫はそれまでに帰宅して、湯槽や洗い桶の清掃をする約束になっている。ところが、ぼくを住込みで雇ってからは、からきし守ったことがない。最初の一日だけは、ぼくへの研修ということもあってか、一通りの仕事をこなした。あとは、ときおり奥さんの代わりに番台に座ったり、ドラム罐からボイラーにポンプで廃油を詰め込んだりするぐらいだった。それも、番台ではテレビを見ているだけだし、廃油の詰め込みは、二十分とかからない。そういった手のかからない仕事で、奥さんや七十歳になる昭夫の母に機嫌をとっていた。

「昭夫さえ、しっかりしていれば、あんたに来てもらうこともないのに、三十五にもなってまだ目が醒めない。バッチで甘やかして育てた、ワタシもいけないのだけど、田舎芝居なんかに入れ込んで、ほんとに困った息子だよ。嫁もしっかりしていれば、昭夫も真面目になるのでしょうが、昔から似たもの夫婦とはよく言ったものだ」

幼稚園へ通っている孫の昭人と二人だけの夕食をしながら、ぼくに愚痴を言うのが、おばあちゃんの日課だ。昭夫は劇団に所属していて、奥さんに何かと理由をつけては、家を空ける。今日もいつの間にか姿を消していた。日常のことなので、ぼくも奥さんも気にしないが、おばあちゃんは、しつこく奥さんに問い質す日がある。その度に奥さんは曖昧な返事をして、脱衣場の方へ逃げ込んでいく。それは昭夫を庇っているからではなく、昭夫を話題にする自分から逃げているように見えた。

昭夫が玄関を開けた時、ぼくはすでに仕舞湯から上がり、居間でテレビを眺めていた。奥さんも脱衣場と洗い場の電気を消して、腰を降ろそうとしていた。昭夫は玄関で奥さんを手招きし、何事か呟いている。すると、奥さんは外灯のスイッチを切り、玄関の鍵を閉めた。昭夫はぼくのビルケンサンダルと自分のゴムサンダルを手に持って、居間に上がり、ぼくにサンダルを渡し「鮨を喰いに行こう」とささやく。ぼくは思わず、「今からですか」と応える。昭夫は人差指を口にあてて、ぼくの声を制し、その指で洗い場を差す。早く出るように催促しているのだ。真っ暗な洗い場を、ぼくと奥さんは昭夫に従って歩いた。さっき、奥さんと磨いたばかりのタイルが、べっとりとした泥の足跡で汚されるような気がした。女湯の脱衣場から番台を抜け出るとき、昭夫は湯銭箱を漁った。シャッターを開けて外へ出ると、湯上がりの肌に十一月の冷気が忍び寄ってきた。

「おばあちゃん気がつかなかったろうな」

昭夫はタクシーを停める合図をしながら呟いた。ぼくも奥さんもそれには応えなかった。

「昭人は目を覚まさないだろうな」

タクシーに乗り込むなり、昭夫が言うと、

「大丈夫よ、あの子が目を覚ますのは十時でしょ。知っているくせに」

奥さんの言葉には昭夫の白々しさに対する棘が感じられた。毎日、夜の十時になると泣きながら階段を降りてくるのは、ぼくも知っていた。幼児の頃、昭夫がその時間に帰ってきて、無理に起こしたのが、今も習性になっているらしい。その度にぼくは昭人をなだめた。やがて、おばあちゃんが二階から起きてきて、「パパはいないの、ママはお仕事」と言い聞かせる。これも日常のことだ。

「これから行く品川の鮨屋は十九の時に、親父に連れていかれた店だ。親父が死んでからも、鮨はあの店以外で喰わない。明日は休みだから、今日は朝まで呑もう、な」

昭夫はぼくに話しかけたかと思うと、奥さんに同意を求める。奥さんは応えようとしない。明日と言ってもすでに今日である。水曜日は宝湯の定休日だ。定休日と言っても、桶を薬槽に浸ける仕事や釜場の清掃が残っている。奥さんとて、脱衣場のポスターや風呂場の看板広告の交換、コインランドリーの点検や清掃、そして、この日ばかりと、おばあちゃんも出かけるから、昭人の送迎や食事の世話など、休む暇などありはしない。

ぼくは宝湯に住込む前、両親の仕送りで生活していた。そして、学校にもゆかず、毎日、後輩の悟子と遊び呆けていたのである。だから、朝の七時から夜の一時まで愚痴一つ言わず、黙々と働く奥さんは別人のように思えた。とくに、悟子とは違う人種に見えた。

送金してきた授業料を使い込み、未納の通知が両親の元に届いて、あわてふためいた母が、連絡もなく上京してきたのは五カ月も前のことである。運悪く、昼から悟子と寝ていたところへ踏み込まれたのだから、弁解のしようもない。少しでも反省の色を見せれば、ことなきを得たのかも知れないが、悟子の手前見栄をはり、ぼくだって独りで生きて見せると啖呵を切ったのがまずかった。当然、送金はストップ。小さな矜持で、それならそれで独りで生きると意気込んでみたものの、なんの手立てもない。本などを売り尽くして食いつないだが、家賃は滞る一方。ついに大家から早く出ていけと督促される。そんなぼくを悟子も見捨てたのか、「やっぱり学校へ行くべき。私、家へ帰るわ」と言ったきり、八王子の実家へ戻ってしまった。

ぼくはぬるま湯がいっきに冷えてゆくのを感じ、ただ震えるばかり、悟子を追う気力も勇気もなく、大森の四畳半に閉じこもっていた。金が尽きると、仕方なく友人のところを点々とした。

しかし、それにも限度がある。もう住込みのバイトを探すしかなく、張り紙を見て大井町の宝湯へ飛び込んだのである。昭夫には大森の鉄工所で働いていたと嘘をついた。そして、来年から大学の二部へ入りたいので、金を貯める必要がある。アパート代や食事代を節約するためには、住み込みで働くのが一番いい、それには比較的勉強する時間のある風呂屋がいいなどとつけ加えた。住ぼくはこの時まで番台に座れるものとばかり思っていた。そして、毎日、女の裸が見られるという好奇心も心の隅にあった。そのためには、どんな嘘をついてでも住み込まねばならなかった。

運良く、昭夫はぼくの出任せに、えらく感激した様子で、今どき銭湯で働きたいという若者はいない。時間は長いが、実働時間が短いから、勉強もできるだろう。できるならば、よくよくは昼に転入して、夜だけでも手伝ってくれればいい、と先のことまで言った。留年してはいるが今でも学生なのだが。

事実、実働時間は短かった。十一時に起きて釜やバーナーの掃除をし、昼食をとっている間に湯釜に水を入れる。入れると言っても栓をひねるだけで、ある一定のところまで浸水すれば自動的に停止する。一時過ぎに廃油を詰め込んで、バーナーに点火する。湯が沸くのは三時頃である。その間、湯釜の蓋をきれいに磨く。湯釜の蓋の隙間から湯煙が上がる。湯煙が居間の方へ流れ始める頃、湯槽に湯を入れる栓を開く。そして男湯、女湯の湯槽へ行って水道の蛇口をひねる。さらにシャワーのひとつひとつをひねって、管に残っている冷えた湯をしぼりだす。湯槽からたちこめる湯気がシャワーの水滴とたわむれる。湯槽に湯が三分の二ぐらいになると、ぼくは長さ二メートル、幅三十センチ、厚さ二センチぐらいの板で、湯槽の縁を梃子に湯をかき混ぜる。いわゆる湯揉みである。そして、湯加減を見て、水道と給湯の栓を閉め、シャワーもひとつひとつ閉める。湯加減がほどよくなると、プラスチックの桶を洗い場に出す。男湯には腰掛けも出す。ぼくがこうしている間に、奥さんは脱衣所のロッカーの整理や玄関の下駄箱の掃除をしている。客を迎える準備が済むと、奥さんはぼくのところへ来て、「湯加減いかが」と訊く。ぼくが「大丈夫です」と応えると、奥さんは暖簾を出して番台に座る。幼児の着せ替えを手伝うパートのおばさんも顔を出している。それからのぼくは、五時に下水の掃除をし、六時と九時に女湯、七時と九時半に男湯の洗い場に入って、客の使い捨てたシャンプーや石鹸、ボディソープ、カミソリ、そして髪の毛などを、ひとつひとつ拾って歩く。あとはバーナーの点検、シャワーの温度調整、客の入り具合によっては、湯槽への給湯などに気を配っていればよい。十一時からは洗い場に洗剤をまいてモップで磨き掃除、湯槽と鏡の下は手で磨く、それに桶や腰掛けのかたづけ、この時間がいちばん重労働である。それが終わると、きれいにした湯槽に仕舞湯を注ぎ込んで、ゆっくりと一日の汗を流す。そして、居間で奥さんと焼酎を呑みながら夜食を摂るのが、ぼくの日課である。

今日も二人だけの宴を開こうとしていたときに、昭夫が帰ってきたのである。ぼくは鮨を食べるよりも、めざしを肴に奥さんと二人きりで焼酎を呑んだほうがよい。でも奥さんが鮨を食べたいのなら仕方ない。と思ってついてきたのに、奥さんはさほど嬉しそうでもない。心なしか、ぼくと二人だけで呑んでいるときよりも、表情が堅いように感じた。

「坊ちゃん、今度はどちらの方へ」

初老の大将が昭夫に尋ねた。坊ちゃんという声が昭夫にふさわしい響きに聞えた。

「暮れから東北をまわるよ」

指輪を質種にして呑んでいるにもかかわらず、昭夫は綽然《しやくぜん》として応え、

「ところで、宗像君は正月どうする」

と、ぼくへ話しかけてきた。唐突の問いにぼくは答えに詰まった。

「まだ先の話じゃない」

奥さんが昭夫の言葉を遮った。

「別に予定はありませんが、何か」

ぼくは奥さんの視線を避けて昭夫に尋ねた。

「十二月から地方公演に出かけるから、できれば正月も仕事をしてほしい。大晦日から元旦にかけて風呂屋は二十四時間フル回転なんでね」

「わかりました」

ぼくが応えると昭夫はほっとした表情を浮かべて、杯を口に運んだ。奥さんも心なしか表情がゆるんだ。奥さんも昭夫もぼくに対する遠慮で言い出しにくかったのだろう。どうやら、ここへ連れ出したのは奥さんへの罪滅ぼしとばかり思っていたのは間違いのようだった。でも、逆に正

月に休みをやると言われても行く当てがない。むしろ、奥さんと二人きりで仕事ができるのなら、休みなどなくともよい。

「昔は、番頭さんにまかせっきりで、旦那は晦日でも顔を出してくれましたよ。粋な方でしたな」

大将は包丁を捌きながら呟くように昭夫へ語りかけた。

「大将、今は時代が違う、銭湯なんて斜陽産業もいいとこ、お袋がいなかったら、とっくに廃業して賃貸マンションを建てていたよ」

「そろそろ、帰りましょう」

と、奥さんが昭夫をうながしたとき、戸口が開いて、

「ほうら、いるでしょ、言ったとおり、昭さんはここにいるの」

酔っているのか、呂律のおかしい口調で、二十四、五の女が二人の男に自慢気に言って、ぼくの隣に腰を降ろした。二人の男も並んで座って酒を注文した。昭夫の知り合いらしい。劇団の仲間なのだろうか。

「先輩、お連れさんは、まさか奥さんじゃないですよね」

いちばん端に座った男が尋ねた。すると、ぼくの隣に座った女が、奥さんとぼくを指さして言った。

「この人は奥様、この人は三助、あたいはなんでもわかっている……」

突然、奥さんが立ち上がって、ぼくに「帰りましょう」語気を強めて促した。ぼくは戸惑いながらも立ち上がったとき、奥さんは出口の傍らに飾ってあった盆栽に目を移し「あら、可愛いお花」と小さな声で呟いた。ぼくは淡い紅色に熟しているような多数の花弁を見ながら奥さんのあとを追って外へ出た。昭夫は出てこなかった。奥さんは昭夫を気にする風でもなくタクシーを止めた。奥さんはタクシーの中で、「とりみだして、ごめんなさい」と一言いったきり、黙ってしまった。

ぼくの部屋は釜場の上にある。いわば中二階と言った感じである。湯釜の蓋にかかった二段の階段を上り、木戸を開けて入っていく。小さな高窓がひとつ。あとは壁だけ、天井も低い。四畳半はあると言ったが、三角部屋で畳も変形サイズだから、三畳がいいところだ。そこに万年床が敷かれ、裸電球がぽつんとぶら下がっている。昔から、番頭さんは釜を守るのが命、だから釜の上に寝るのがしきたりだという。昭夫は盛んに伝統ある部屋だと言った。ここがキミの部屋だと言われたとき、ぼくは啞然とした。監獄を思い浮かべてしまったのである。これでは、例え従順な老人でも逃げ出すだろうと思った。しかし、寝るところもおぼつかなくなっていたぼくには、愚痴っている場合ではない。どうせ、長くいるわけではない。一カ月の給料さえ貰えば、また次のバイトを探せばいい、とりあえず、寝る場所があればいいのだからと自分を慰めた。

ところが、もう二カ月も経過している。住んでみると、この部屋にも趣があるのだ。しみだらけの壁、高窓から申し訳なさそうにふりそそぐ陽、黄ばんですりきれている畳、裸電球のなんともいえないとぼけた光、そして、いつも乾燥しきっているせいか、湿気を帯びないふとん。ここは都会の山小屋だ。ぼくはそう思ってひとつひとつに愛情を感じ始めていたのである。

しかし、それぼかりで二カ月間、勤まったわけではない。奥さんの働く姿を見ているうちに、二カ月前の自分が、いかにぬるま湯に浸っていたかを思い知らされたからである。初めのうちは、昭夫に煙突から火の粉を出してはいけない。シャワーの湯温に気をつけないと火傷を負う人もいる。釜場は油がしみ込んでいるから、ちょっとした不注意で、すぐ延焼する怖れがある。下水が詰まると浴場まで臭うから、必ず掃除を欠かさないように。洗い場が汚れているとお客さんから苦情が出る、いつも清潔さを保つように、などと注意をされただけに、緊張の連続であった。シャワーの温度計を確かめたかと思うと、ボイラーが気になって釜場へ、外へ出ては、煙突を眺め、裏手に回って、下水の点検。内へ戻って、のぞき窓から、男湯の桶と椅子の使用具合を見て、乱雑になっていれば、中へ入って片付ける。女湯をのぞいては洗い場に汚れ物が、どの位たまっているかを調べる。さすがに、女湯へ入るのは抵抗があった。なるべく、顔をみないように、鏡の前の汚れ物を拾い集めていく。突然、

「おにいさん、これも捨てて」

と腹ボテの中年のおばさんが前もあらわにシャンプーの空いた容器をつきだす。一瞬、ぼくはたじろぎ、頬を紅潮させ、それを受け取る。そうかと思うと、ぼくと同じぐらいの女性は、傍を

通るだけで身を縮めたりする。殆どの人は、ぼくのことなど意に介していないのに、ぼくはなぜか恥ずかしい。だから、なるべく、足早に処理して歩く。二ヵ月経過した今でも、この時ばかりは緊張する。その他のことは慣れるに従って、緊張感も薄れ、薄れ始めるとともに、奥さんの態度が気になり始めた。

ろくに働きもしない昭夫に愚痴もいわず、ぼくに対しても、なにひとつ要求しない。昭夫の演劇活動に理解を示しているのか、それとも、おばあちゃんのように諦めているのか、ぼくには判別がつかなかった。昭人にも、ただ、食事をつくって与えているだけで、特別可愛がっている素振りもない。おばあちゃんには、媚びるわけでもなければ、慇懃《いんぎん》なところもない。なににつけても淡々とした調子なのだ。ぼくと二人だけで焼酎を呑んでも、その態度はくずれなかった。話題といえば、昭夫が出前の役でテレビに出たのよ。とか、この商売もそう長くは続かないでしょうね。といったことくらい。そして、何よりも感心するのは、決して人の悪口を言わないことだ。

ぼくはそんな奥さんに、悟子の反動もあってか、底知れぬ魅力を感じはじめていた。美人ではないし、丸々と肥っている昭夫に比べ、やせ細って頬もこけ、顎も尖っている。胸も豊かではない。この二ヵ月間、あれほど女の裸を見続けてきたのに、奥さんは、ぼくに奥さんの裸を連想させない。それなのに、ぼくは毎日、奥さんに気が傾いてゆく。夜の二時か三時頃に帰ってくる昭夫に対するぼくの嫌悪感が、いっそう拍車をかけているのかも知れない。ぼくの感情は奥さんへの同情なのだろうか。奥さんは、今でも昭夫を愛しているのだろうか。ぼくはそんなことを考えながら眠りにつく。

鮨屋で別れたきり、昭夫は三日間も戻ってこない。相変わらず、奥さんは気にしている様子もない。おばあちゃんはしつこく、奥さんに問い質す。奥さんは「芝居の稽古です」と応えるだけで相手にしない。電話で連絡を取り合っているのだろうか。ぼくは奥さんに昭夫のことは触れてはならないと思って、いつものように仕事をした。

八時になると、おばあちゃんは昭人を連れて二階に上がった。ぼくは湯釜の蓋の上で横になる。ぽかぽかとして気持ちがいい。この頃ではバーナーの調子も音で聞き分けられるし、シャワーの湯温も、どの程度の火熱で、どの位の水の量を追加すればよいのか、判るようになってきた。昭夫がこんな楽な仕事もない。と言ったのも首肯《うなず》ける。やはり老人向きの仕事のような気がする。ふと、奥さんは番台でどれだけの男の裸を見てきたのだろう。いくら仕事とはいえ、恥ずかしさはないのだろうか。それとも慢性化し、まったく興味など湧かないのだろうか。などと考えてしまう。そして、ついうとうととしてしまう。

突然、洗い場からけたたましい女の悲鳴が耳をつんざく。シャワーで火傷か、一瞬、脳裏を過《よぎ》る。ぼくはあわてて起き上がり、湯釜の上から飛び降りる。のぞき窓のついているドアを思いきり開ける。鮮血が湯槽の方から入口の方へ向かってタイルを染めているではないか。ぼくはわけのわからぬまま、ただ驚き、茫然とする。そして、我に返ると、血をさけて立っている数十人の裸の女の視線が、鏡の前でしゃがみ込んでいる女から、いっせいに、ぼくへ向けられたことに気づく。ぼくはその女たちが、いまにもぼくに襲いかかってきそうな気がして、自分がただ一人の雄であることに恐怖を感じた。

「何をしているの、早く流しなさい」

奥さんの声で、急に元気づけられたぼくは、あわてて桶を持ち湯槽から湯を汲み、血を流し始める。奥さんはしゃがみこんでいた女を、居間の方へ連れていく。ぼくは裸の女の前で、視線を合わせぬようにシャワーを捻って、うつむきながら丁寧に血を流す。

「いやぁね、若い子は準備もしてきていないのかしら」

「私、気分が悪いから、先に出るわね」

そんな会話を聞くともなく聞きながら、今度はモップでタイルの隅々まで吹き払う。そして、何事もなかったかのように、裏に引っ込んだが、胸の高鳴りは消えない。のぞき窓から、もう一度のぞいてみると、血の流れた右側の洗い場には誰もいない。皆左側に移動している。ぼくがきれいに流しただけでは済まないのだろうか。

「まいっちゃうな、もう大丈夫だと思ったのに」

その声で振り返ってみると、居間で奥さんが、

「これでよかったら使って」

とナプキンを渡している。

高校生ぐらいだろうか。それにしても豊満な胸だ。ぼくはそれとなく盗み見し、悟子を想い出す。女の子は当てていたタオルをはずして、ナプキンを当て直している。奥さんがぼくの方を見たので、あわてて目をそらし、ゴミバケツを持って、再び女湯に入った。汚れ物を拾っている間に、女の子は奥さんに付き添われて、ぼくの後ろを通り過ぎた。ちらっとのぞき見ると、手で押さえたまま、平然と歩いて脱衣場へ消えた。裸の女たちは見るともなく、女の子を追っていた。奥さんはぼくのところへ来て、洗剤を撒いてモップで洗うように、と言った。

一日の仕事が済み、男湯で仕舞湯に浸かっていると、奥さんが脱衣場の戸を開けた。ぼくはうろたえ、あわてふためき、首まで湯に浸かった。しかし、仕舞湯は湯釜の残り湯を使うから、湯槽の底まで透き通る。ぼくの裸はまる見えなのだ。今まで、ぼくが風呂に入っているときには、気を遣って、必ず女湯の方から居間に戻っていたのである。

「今日は、大変だったわね。疲れたでしょ、お酒用意しておくから、早く上がっていらっしゃい」

と言って、ドアを開け居間に消えた。ぼくのトランクスやジーンズ、Tシャツはドアの前に脱いである。奥さんにそれを見られる。女湯から居間に抜けても同じことだが、なぜか今日は恥ずかしい。なぜ、こんなに意識するのだろう。ぼくはいつもより、長く風呂へ浸かって気を落ち着けた。下半身がむずむずしてきたからである。初めての頃、女湯をのぞいていたら、一人だけ異様に肌の真っ白な、それこそ透けるような女の臀部に掌大の浅黒い痣を発見し、それが目に焼き付いて、おかしな気分になったことがある。食い入るようにじっと見続けていると、知らぬ間に手でペニスを握りしめているではないか。居間にいたおばあちゃんが、ぼくの様子を察したのか、ゴホンと咳をしたので、あわててその場を離れ、釜場へ逃げ込んだことがあった。

今日はそれとは違う。しかし、おかしな気分であることに変わりはない。ぼくは静かに風呂を出ておそるおそるドアを開ける。奥さんは台所に居るらしい。急いでタオルで身体を拭き、トランクスを穿く。ジーンズとTシャツも。なにくわぬ顔で居間に腰を降ろす。すでに焼酎がコップになみなみとつがれていた。そして、いつものめざしとお新香、それに今日はおでんもある。

「先に食べていてね、私も汗を流してきますから」

奥さんは台所から出てくるとそう言って、男湯へ入っていった。奥さんは脱衣場で衣服を脱ぐ。ぼくはめざしを口にして、焼酎を呷る。湯上がりの焼酎は身体の隅々までゆきわたる。このうまさはここへきて初めて知った。奥さんは、風呂へ入っただろうか。のぞいて見たい衝動にかられる。おでんをパクつく。のぞいている事に気がつかれたら、ここにはおれなくなる。なんと嫌な男だろうと思われるに違いない。それにしてもおかしい。奥さんの裸が見たいなどと、今まで一度も思ったことがなかったではないか。今日のぼくはどうかしている。昭夫が帰ってこないせいかも知れない。のぞいているところへ昭夫が帰ってきたら、それこそ大変なことになる。半月もすれば、昭夫は東北へ出かける。そうなれば、夜の八時から一時までは奥さんと二人きりだ。とくに十一時から一時までの二時間は、奥さんとぼくだけの時間だ。今でもそうなのだが、いつ昭夫が現れるかという不安がある。それがなくなれば、なんと気の休まることか。などと考えていると、玄関の戸が開いて、昭夫が顔を出す。ぼくと視線が合う。両手の人差指を頭にかかげて、ぼくに伺う。ぼくは首を横に振る。昭夫は框から上がってくると奥さんの所在を尋ねる。お風呂ですと応えると、「一緒に入るか」と言って、湯釜の上に服を脱いで、男湯へ入っていった。ぼくは残りの焼酎をいっきに呑み干し、暗い部屋の木戸を開き、電気も点けずに布団にもぐりこんだ。

「やめて」

という奥さんの悲鳴に似たきつい声が聞えてきた。ぼくはその声に反応するように上半身だけを起こして、様子を窺った。なぜ、ぼくは昭夫に嫉妬を感じるのだろう。奥さんと昭夫は夫婦なのだ。風呂へ一緒に入ろうと、風呂で何をしようといいではないか。なのに、ぼくはこうやって二人の様子を窺っている。それどころか、何かあったら飛び出してゆこうと決意している。しかし、奥さんの声は二度と聞えてこなかった。ぼくはただ闇をみつめているばかり。身体中をめぐりはじめた酔いに、早く身をまかせたいと思っている。

翌日、煙突につながる焼火口に顔を突っ込んで、煤を取り払っていると、

「出前何がいい」

背後から昭夫の声がした。ぼくが煤だらけの顔を出すと、

「カツ丼でいいか」

と、たたみかけてきた。ぼくは黙って首肯き、いつもなら、奥さんが昼食をつくるのに、どうしたのだろうと思ったが、さほど気にもせずに再び顔を突っ込んだ。釜やバーナーの掃除を終えて、居間に上がると、テーブルの上にカツ丼が二つ置いてあった。昭夫はお茶を入れてきて、

「さあ、食べよう」

とぼくに促した。奥さんの姿が見当たらない。おばあちゃんもいない。まさか、奥さんが……ぼくの脳裏を過ったのは家出だった。昨夜のことが心の隅にひっかかっていたせいだろう。ぼくは「いただきます」という代わりに、おそるおそる、

「奥さんの分は」

と尋ねた。

「風邪で寝込んでいるよ。大丈夫、三時までには起きてくる。オレはこれから出かけるから、あとは頼むよ。おふくろは組合の会合に行っているが、すぐ戻る」

昭夫は、まるでかきこむように食べて、

「今日は十時までに戻る。女房が起きてきたら、仕舞掃除はオレがやると伝えてくれ」

というなり、あわただしく出ていった。奥さんが風邪をひいたのは昭夫のせいだ。ぼくは昨夜の事にこだわり、一方的にそう思い込んだ。それにしても、奥さんの食事はどうするのだろう。

風邪ならば粥をつくらなくていいのだろうか。水枕やタオルで冷やしているのだろうか。薬は飲んでいるのだろうか。医者へ行ったのだろうか。ぼくは二階に寝ている奥さんが心配でならなかった。その度に階段に足をかけては躊躇った。よけいなおせっかいをしてはならない、もうすぐ、おばあちゃんが戻ってくるだろう。それよりも、奥さんの分まで仕事を片付けてしまう方が先だ。ぼくは大急ぎでバーナーの火をいつもより強くし、湯釜の蓋を磨き、先に桶や椅子を洗い場に出し、下水の掃除を片付けた。そして、暖簾を出せるだけにしようと思い、いつも奥さんがやっている脱衣場の拭掃除もした。シャッターを開け、下駄箱と玄関の掃除をしようとしたとき、奥さんが出てきて、弱々しい声で、

「ごめんなさい、私がやるから釜の方お願い、もう湯気が立っているわよ」

蒼白い顔にセットもしていない髪、外箒をぼくから取り上げて、そそくさと掃き始めた奥さんの項が透けるように白い。ぼくは「無理をしないでください」と言って、釜場へ向かった。バーナーの火が強すぎたのか、いつもより早く、湯が湧いた。ぼくは給湯栓を開き、湯槽に湯を注ぎ込む。ぼくが湯をかき混ぜている間に、奥さんは玄関の清掃を終えたらしく、湯槽の方へ戻ってきた。

「今日は早いのね」

と、ぼくに問いかけて、咳込んだまま居間に消えた。予定より三十分は早い。湯加減は客を待つばかりに整った。昭夫なら「早すぎる」と注意するだろう。早ければそれだけ湯が冷めてしま

うし、廃油の使用量も多くなる。経済的ではないのだ。だが、奥さんの言葉にはそんな皮肉は感じられなかった。

ぼくは開店するまで何もすることがなくなった。奥さんの様子を見るために、居間に戻ると、奥さんは台所で洗い物を始めている。ぼくはあわてて台所へ行き、

「ぼくがやります。休んでいてください」

と言って洗剤を手にすると、奥さんはきりっとした顔でぼくを見返し、

「あなたは男でしょ、そんなことをしてはいけません」

と言って、ぼくから洗剤を取上げスポンジに染み込ませた。ぼくは初めて見た奥さんの表情にたじろぎ、後退りした。なんと応えたらいいのか、言葉すら探せない。おばあちゃんの時代ならともかく、今どき、洗い物に男も女もあるはずがない。ましてや、風邪をひいているときに、水を使うなんて、ますます悪化するだけではないか、ぼくはそう思ったが、

「旦那さんは十時までに帰るそうです」

と、違うことを口走り、釜場の方へ逃げるように歩いてきた。奥さんはやはりどこかが違う。悟子なら「ね、台所片付けてよ」、コインランドリーに出かけようとすれば「ついでにこれも洗ってきて」と、ソックスやパンティをぽいと放ってきた。ぼくもさほど抵抗もなくそれを受け入れていた。奥さんは身体の具合の悪いときこそ、自分のやるべきことをきちんと済ませたいのかも知れない。でも相手が昭夫ならどうするのだろう。やはり同じことを言うのだろうか。それと

も、病気の奥さんを置いて出かけた昭夫とおばあちゃんへの当てつけかも知れない。いや、ぼくの見え透いた親切への戒めかも知れない。ぼくはシャワーの温度計を見るともなく眺めて、そんなことを考えていた。

三時過ぎに、おばあちゃんは昭人を連れて帰ってきた。昭人は着替えを済ませると、すぐに外へ飛び出して行った。おばあちゃんは、ぼくに向かって、

「湯加減はどうかね、今日は私が番台に立つから」

と、尋ねてきた。ぼくは内心ほっとして、

「大丈夫です。よろしくお願いします」

と言って、自分の言葉に驚いた。奥さんを気遣うのは当然としても、ぼくは、たかがアルバイトに過ぎない。今すぐでも辞めたいと言って飛び出して行けるのに、まるで、奥さんと自分で経営しているような錯覚に陥っている。おばあちゃんは、台所の奥さんに何事か呟き、ゆっくりとした足取りで番台へ向かった。奥さんは夕食の支度をしているらしい。

のぞき窓から女湯へ次から次へと入ってくる裸の姿を見て、湯量の調整をする。この時間は子供連れの客が多い。男湯は大半が老人だ。足を滑らせて転んだりするのは、たいていこの時間だ。幼児と老人に多いのは言うまでもない。骨折した老人に訴えられたこともあるという。しかし、それはぼくがいくら注意深く見守っていたところで、どうにもならないことである。幸い、ぼくにはまだその経験がない。

「七時におばあちゃんと交替しますから、あとはよろしく」

奥さんは居間からぼくへ声をかけて二階へ上がった。

それから三十分ぐらいたっただろうか。シャワーの湯温が上がりはじめたので、水を加えて調整していると、番台からの呼び出しブザーが鳴った。ぼくは一瞬ドキッとした。なにしろ、奥さんとコンビのときは一度として、このブザーは鳴ったことがない。ぼくは急いで男湯を通り抜け、番台へ向かった。

「この人がね、指輪を流してしまったらしいの、ちょっと見てやって」

おばあちゃんは落ち着いた口調で、女湯側にいる婦人を見ていう。ぼくは男湯から女湯へ出入りできるドアを押し、背をかがめて女湯の脱衣場へ入る。

「早く捜して」

茶髪の女が、あわてふためいた様子でぼくを急き立てる。ぼくは女湯の戸を開き、目の前の排水口の金網を片端から開ける。流れてくる湯量が多く、とても見つかりそうにない。

「すみません、捜し物をしていますので、しばらく、お湯を流さないでください」

ぼくは大声でお客さんにお願いする。

その間にも湯は流れてくる。子供たちが興味深そうに寄ってくる。ぼくは下水口まで一通り調べる。茶髪の女も食い入るように見つめている。湯の流れが少なくなったが、やはり見当たらない。

「ね、ないの、ね」

女は執拗に尋ねる。

「下水に流れ込んでしまったようですね」

ぼくは女に応える。

「もう一度丁寧に捜してよ」

女は懇願するように言う。

「まだなの、これじゃ髪も洗えないじゃない」

苛立った客の一人がぼくと女に向けて声を放ってきた。すると、女は、

「なに、髪ぐらい洗わなくたって死にはしないわ」

と怒鳴り返したからたまらない。

「何よ、指輪ぐらいで大騒ぎして、待っているこっちの身にもなってよ」

「そうよ、そうよ」

という相槌やどよめきが起こって、騒然とする。今にも喧嘩になりそうな気配、茶髪は泣き出さんばかりの形相で、女たちを睨みつけている。知らぬ振りしてシャワーを使い始める客、平気で湯をかぶり始める客、湯は再び排水口へ流れ込んでくる。

「流さないで」

女は桶を持って投げつけようとする。ぼくはあわててそれを止める。女の叫び声に、一瞬手を

とめた客たちの蔑むような視線。奥さんがいてくれたら、ぼくはうろたえるばかりで、どうしたらいいかわからない。咄嗟に思いつきを言う。

「裏に下水の濾過器があるから、そこに引っ掛かっているかも……」

するとと怒り狂っている女は、

「すぐ調べて、早く」

と催促する。ぼくは女湯から居間に抜け、玄関から裏へ回ろうとすると、女はタオル一枚のまついてきた。

「外ですから、そのままでは」

というと、

「いいのよ、早くしないと、また流れてゆくわ」

ぼくは呆気にとられた。いくら塀で囲ってあるとはいえ、よその二階からは丸見えなのだ。女は恥ずかしさよりも指輪が大切らしい。

ぼくは毎日五時にこの濾過器を掃除する。本下水に髪の毛やシャンプーの小さな容器が流れ込まないようにするためだ。濾過器の蓋を開けると、鉄板に丸い穴が十個ずつ十列並んでいる。この穴に把手のついた十個の円いブラシを差し込むと、ゴムが浮上する仕組みになっている。髪の毛などの小さなゴミは下に沈んでいて、容器などの大きなものは上に浮いている。指輪は重量があるから下に沈んでいるだろうが、ブラシに絡みついてくるとは思えない。ただ、すべての穴にブラシを通すと、底が透けて見えるから、それで捜せる可能性はある。

ぼくが濾過器の蓋をはずすと、前の部分だけをタオルで覆った女は思わず「臭い」という。ぼくはそれを無視してブラシを通す。女は右手で前を押さえ、左手で鼻をつまみながら、前屈みの姿勢で不安げにのぞいている。全部の穴を掃除しても、出てくるのは髪の毛や汚れて変形した空き箱の紙の類いばかり。

「見つかりませんねぇ」

と、ぼくが言うと、女は寒さに震えながら、

「まだ、ここまで流れて来ていないのかも」

と応える始末、どこまでも諦めきれない様子だ。ぼくは釜の具合が気になるので、

「とにかく今日はこれで、毎日掃除しますから、見つかったら連絡します」

と言うと、ようやく納得したのか、寒いので諦めたのか、

「必ず、連絡してね、必ず」

と念を押して居間へ戻る。そして、電話番号と名前を書いてぼくに渡し、

「あの指輪イミテーションなんかじゃないわよ」

と言って女風呂へ消えた。

十一時の閉店になっても、昭夫は戻らなかった。奥さんは昭人に食事をさせ、七時から番台に座り続けているというのに。普段なら帰らなくともいいと思っているぼくが、いつになく昭夫に

腹が立った。奥さんは病人なのだ。演劇と奥さんのどっちが大切なのだ。昭夫には愛情というものがないのか。それではまるで鬼ではないか。ぼくは客を追い出すように洗剤を男湯に撒きながら、奥さんに同情していた。最後の客が脱衣場へ消えたのを見計らって、奥さんのところへ行き、

「今日は、ぼくが全部やりますから、もう寝てください」

「大丈夫よ、心配しないで」

奥さんはそう言うと、番台から降りて暖簾を下げに行った。どうして奥さんはぼくの好意を受けてくれないのだろう。ぼくには任せられないとでもいうのだろうか。モップでタイルを拭きながら、自分の意志が通じない歯がゆさに苛立った。全身に汗がにじんでくる。ぼくは上半身、裸になり、下はトランクス一枚になる。湯槽のタイルを磨くには全裸の方が良いのだが、奥さんの手前そうもいかない。男湯の掃除が終わって女湯に移る。鏡の前のタイルをタワシで磨き始める。奥さんに手伝わせたくない一心で、夢中になって磨く。鏡の半分ぐらいのところまで、いっきに磨いて、一息つく。汗を拭おうと、額に手をやり、ふと鏡に目を移して、ドキッとする。ぼくの目の前の鏡にしゃがみ込んだ格好の女の裸体が映っているではないか。奥さんだ。奥さんが全裸で反対側の鏡の前のタイルを磨いているのだ。心臓が烈しく鼓動する。今まで奥さんは下着姿ですら掃除をしたことがない。ぼくは息を呑み込み声も出ない。立ち上がることもできない。振り向くのもはばかれる。奥さんはぼくなど意識する風でもなく、腰をかがめて臀部を揺らしながら、せっせと磨き続けている。頭に血が上る。こんなときはどうしたらいいのだろう。とにかく、手

だけは動かそうとタイルを磨き続けるが、力が入らない。目の前の鏡が気になって仕方ないのだ。

「やめてください。ますます風邪をこじらせますよ」

頭の中ではそんな言葉も浮かんでいるのだか、声にはならない。こんな光景を昭夫がみたらなんと思うだろう。奥さんはなぜこんなことをするのだ。ぼくをからかっているのだろうか。ぼくはなぜか自分がみじめに思えてくる。ついに鏡の端まで来てしまう。奥さんももう少しで終わる。ぼくは奥さんを意識しない素振りで立ち上がり、湯槽から桶で湯を汲む。そして磨いたタイルに流す。何度もそれを繰り返す。

「こっちもお願いね」

声をかけられ、思わず振り向く。奥さんはタワシを手に持って、全裸で立っている。辛うじて「はい」と応えたものの、奥さんの薄い胸や少なめの恥毛が目に入って、思わず目をそらす。すると、今度は湯槽へ入って栓を抜き、掃除を始めるではないか。奥さんが全裸になって湯槽を掃除するのは、今までなかったわけではない。ただ、ぼくが男湯のそれをやっているときに、奥さんが女湯のそれをやるという具合で、ぼくの目の前でそんなことをしたことはなかったのだ。

「あとはぼくがやります。やめてください」

とぼくは必死の思いで言う。

「もう終わりじゃない、あなたは仕舞湯で汗を流して」

と言うばかり。ぼくは仕方なく釜の残り湯を男湯の湯槽へ給湯し、仕舞湯をつくる。湯煙のたちこめる仕舞湯に浸かりながら、奥さんの真意を図りかねていた。奥さんに魅力を感じていても、性欲の対象者として考えたことはなかった。昭夫へ嫉妬を感じても殺してまで奥さんを奪おうなどとも思わなかった。それなのに奥さんはぼくを刺激する。十二歳も下の男の子だから、何も起こらないと思っているのだろうか。毎日、何十人という女の裸を見ていても、ただ一人だけの裸というのは違う。そのぐらいのことは奥さんだってわかっているはずだ。わかっているならば、ぼくの反応を試しているのかも知れない。ぼくのうろたえる姿を見て楽しんでいるのかも知れない。

仕舞湯を浴びて居間へ行くと、奥さんは独りで卵酒を呑んでいた。洋服はまとっているが、ぼくは先ほどの肢体が脳裏にこびりついて離れない。平然としている奥さんを見ると、あれは幻だったのではないかという気さえしてくる。時計が一時を告げる。奥さんは咳込みながら、梅干しを口にする。赤い唇が白い卵酒を吸い込む。ぼくも白い液体になって奥さんに吸い込まれたいと思う。焼酎を呑む。ぼくは奥さんと話したいはずなのに言葉が見つからない。

「熱のあるときって心地いいのよね、醒めてしまうと寒さだけが残ってつまんなくなるでしょ」

よほど熱があるのか、奥さんは潤んだ目をぼくに向けていう。それがまた艶めかしく感じられる。ぼくは奥さんといつまでもこうしていたいのだが、逆のことを口走ってしまう。

「身体にさわりますから、早く休んだ方が……」

「そうね、仕事ができなくなったら、お風呂を楽しみにしている人に申し訳ないものね」

そう言うと、奥さんは立ち上がって二階へ上がろうとした。階段の前でふと足を止め、

「これなあに」

電話の前の黒板を指さした。

「言うのを忘れていました。今日、指輪を流した人の電話番号です」

ぼくが応えると、奥さんは一瞬、頬に紅みを帯びさせて、また座り込み、

「それで、どうしたの」

と、まるで健康なときよりも、いきいきとした顔で尋ねて来た。ぼくがあらましを説明すると、奥さんは血の気の引いた元の顔に戻り、さも落胆したような表情で、

「そう、裏まで連れていったの」

と言い、二階へ上っていった。ぼくは、何かまずいことでもしたのかと、自分を訝った。


奥さんは咳やくしゃみをしながら、仕事を続けた。昭夫は十日後にせまった地方公演に夢中で、奥さんの体調など意に介さない。指輪を流した女は毎日やってきて、ぼくの濾過器の掃除に立ち会う。今日で五日目である。やはり裏まで連れていったのはまずかった。こんなに出てこないはずがない。どうして出てこないのかと猜疑の目を向けている。黙っていると、

「あんた、ネコババしているんじゃない」

と、言いだす始末だ。

「冗談じゃない、こうやって毎日捜しているじゃないですか、本下水に流れ込んでしまえば、出てくるはずはないですよ」

ぼくが語気を強めて反論すると、女は目をつりあげて、

「わかったものじゃないわ、私が来る前に掃除してるんじゃないの、最初のときより、いつも水が澄んでいるじゃない」

ぼくは女にそう言われて、ハッとした。確かに濾過器のゴミの量が違うのだ。客が少ないせいで、汚れていないとばかり思っていたのだが、先に誰かが掃除をすればそういうこともあり得るのである。しかし、

「ぼく以外に掃除をする人なんていませんよ」

と応えると、

「だから、あんたが誰もいないとこでやって、ネコババしたんじゃないかと言っているんだよ。言っておくけど三十万円もするんだからね」

と、捨て台詞を残して、今度は番台の奥さんを問い詰めるのである。自分の不注意で流しておきながら、さも、ぼくの責任のように言われるのは不愉快きわまりない。でも、ぼくは何を言われてもいい。奥さんを問い詰めるのだけはどうしても許せない。お客さんのいる前で、わざと大声でなじるのは嫌み以外の何ものでもない。奥さんは今日までひたすら謝ってきたではないか。それなのに、奥さんにもネコババしたんじゃないの、と言いだしたというのである。その話を聞

いたぼくは、たとえ指輪が出てきたとしても、あんな女に渡すものか、とひそかに決心する。そして、次の日から女が来ても、勝手にやってくれと言って把手のついたブラシを渡した。女はぼくの剣幕に驚いたのか、プイと横を向いてそれを受け取ると、裏に回っていった。

ところが、奥さんは番台をパートのおばさんにまかせて、その女に付き合って指輪捜しを手伝っていたのである。奥さんはどこまでお人好しなのだろう。あんなことまで言われても、腹がたたないのだろうか。放っておけばいいのに、とぼくは思う。おばあちゃんのように、石鹸を使えば指輪が外れるのは当たり前、うちに責任はないのだから、とつれなくすればいい。でも、奥さんがそこまでするのも、元はと言えば、ぼくが裏まで女を案内したのが原因だ。責任はぼくにある。ぼくは奥さんに迷惑をかけるのがいやで、明日からはやや早めに起きて掃除をしようと思った。

次の日、眠い目をこすりながら、裏へ回ろうとして、いっきに目が覚めてしまう。なんと、奥さんがもう濾過器の蓋を開けて掃除をしているのである。奥さんはぼくに気づくと、一瞬、強ばった表情をしたが、すぐに、

「あら、早いのね」

と言いながら黙々と掃除を続けている。ぼくはそのとき初めて、奥さんがぼくのために毎朝やっていてくれたのか、と、頭の下がる思いがした。

「明日からはもっと早起きをしてぼくがやります」

と言うと、奥さんは、

「いいのよ、あなたはいつもの通りで」

と冷ややかに応え、咳込みながら反復動作を繰り返す。

ところが、その日から女はピタリと来なくなったのである。ぼくは怪訝に思い、奥さんに尋ねると、

「出てきたのよ、洗い場の排水口の下にあったの」

と、素っ気無く応え、逃げるように台所へ立った。


昭夫が地方公演へ出かける三日前に、奥さんは四十度の熱を出して、ついに床にひれ伏した。あわてふためいた昭夫が往診を頼むと、医師は肺炎の怖れがあるから安静にするようにと命じた。昭夫は稽古を休むわけにはゆかない。おばあちゃんは店を休むわけにはゆかないと、互いに主張し、言い争いになる。結局、昭人を奥さんの実家へ預け、おばあちゃんとパートのおばさんが交替で番台に立つことになった。ぼくは誰が奥さんの看病をするのか心配でならなかった。でも、予定通りに仕事をすすめ、番台や脱衣場の掃除もした。昭夫は昭人を預けにいったあと、しばらく、二階で奥さんを看病している風ではあった。湯釜から湯気が立ち始めた頃、釜場に居たぼくのところへ昭夫が来て、

「あとは頼むよ、ときどき女房を看てやってくれ、今日は帰れないと思うから」

ぼくは唖然として、声も出ない。帰れないとはどういうことなのか、奥さんは病人じゃないか。そんな無責任な、と言おうとしたら、

「あっ、そうだ、さっき、下水を掃除したら、指輪が出てきた、女房に渡しておいてくれ」

と言うなり、飛び出していった。

ぼくは手にしたダイヤの指輪を見て、そんなはずはない。と心の中で呟いた。いや、奥さんはぼくに心配かけないために嘘を言っていたのかも知れない。きっと、そうだ。奥さんは心の優しい人だから。それに比べて昭夫はなんという人だ。奥さんが病気だというのに、平気な顔をして自分のことばかり考えている。ぼくは昭夫の思いやりのなさに腹が立った。本当は昭夫がいない方がいいと思っていながら、一人で興奮している自分が不思議だった。ぼくはキラキラ光る指輪を手にして、これを奥さんに渡せば奥さんの心をふみにじることになる。かといって、あの女に渡す気にもなれない。ぼくはとりあえず、ジーンズのポケットにしまいこんだ。

三時を過ぎると、おばあちゃんは、

「湯加減、大丈夫よね、あ、それからね、あなたに向井可南子さんという方からお電話あったわよ。また、あとで電話するって」

と言って番台に座った。向井可南子は大学入学以来の知り合いである。最近会ったのはいつだったかさえ思い出せない。「何の用だろう、それよりどうやって電話番号を知ったのだろう」と

思いながら、奥さんが一度も降りてこないことが気になった。よほど具合が悪いのだろうか。ぼくは心配でならなかった。何度も様子を見に行こうと思った。そのたびに思いとどまるのはなぜなのか、もっと平気に、気軽にいけばいいのに、なぜか躊躇ってしまう。のぞき窓から女湯を見たり、シャワーの温度計を見るともなく眺めたり、ただ、うろうろしているばかりだった。奥さんが番台にいないと思うと仕事に身が入らない。耳を澄まして二階を窺う。奥さんの顔が見たい。奥さんの寝息が聴きたい。バーナーの唸り声だけが聞こえてくる。洗い場に入ってゴミを拾う。女の裸にも無関心だ。ぼくの頭は奥さんのことでいっぱいなのだ。今日はパートのおばさんが閉店まで働いてくれることになっているので、おばあちゃんの心配をする必要はない。散らばったプラスチックの桶を積み重ね、女湯を出る。今度は男湯へ入って同じことを繰り返すが、落ち着かない。それにやることがいつもの時間より早くなっている。釜場へ行ってバーナーの火を見る。外へ出て、煙突の煙を眺めてみる。暮れ始めた空に薄い煙が流れている。冷たい風がゆっくりと動いているようだ。もうすぐ十二月だ。昭夫がいなくなる。早く奥さんが元気になってくれれば、どんなに充実した日を過ごせるだろう。休みなどいらない。毎日、働いてもいい。お金もいらない。奥さんと一緒にいるだけでいい。ぼくは奥さんが寝ているはずの二階の窓に目を移して、その日が早く来ることを念じている。

時計が六時を告げる。奥さんは朝から何も食べていないのではないか。それとも、おばあちゃんが食事をつくっていたから、持っていったのだろうか。ぼくはあるもので、適当に食べてくれと言われているが食欲が湧かない。階段の前で、暗い二階を見つめながら一歩足をかける。そうだ、食事のことを尋ねればいいのだ。ぼくは意を固めて、一歩一歩、静かに階段を上る。暗い廊下から襖を少し開けてみる。小さな声で奥さんと呼んだが返事はない。奥さんは寝ているようだ。外灯の光が窓から射し込んでいる。でも奥さんの顔は見えない。ぼくは近づいて腰を降ろす。幾分赤みを帯びた蒼白い寝顔。手を奥さんの額に当ててみる。熱い。水枕も氷のうもしていない。ぼくは急いで階下に降り、冷蔵庫から氷を取りだし、盥に水を汲み、タオルを持って二階へ駆けのぼる。熱のせいか、奥さんは布団を払いのけていた。やわらかそうな乳房が、浴衣のえりからこぼれ落ちそうだ。ぼくは支えてあげたい衝動をこらえて、冷たいタオルを奥さんの額にのせる。そして、布団を肩までかけようとすると、奥さんは喘ぐような声で「あなた」という。さらに、ぼくの冷たい右手を握りしめて、胸に導いてゆく。ぼくは吃驚《びっくり》しながら取り払うことも出来ずに、やわらかく熱い乳房に触れる。奥さんの熱が、いっきにぼくに乗り移ったように感じる。起きているとは思えないのに、奥さんは再び「あなた」とうわごとをいう。ぼくはだんだん興奮してくる。でも、奥さんと呼ぶこともできない。奥さんはぼくと昭夫を間違えているに違いない。奥さんの閉じた瞳から一粒の涙がこぼれる。奥さんの胸に埋もれてみたい。奥さんの熱い身体を抱きしめたい。ぼくは必死にその衝動をこらえて、左手でジーンズのポケットに手をやり、あの指輪をとりだす。そして奥さんの乳房の間にそっと置いてみる。すると、奥さんは閉じた目をかっきりと見開いて、ぼくの顔を見る。目と目が合う。突然、奥さんはぼくの手を払いのけ、

「何をするのよ、出ていって」

と大声で怒鳴り散らしたかと思うと、上半身を起こしてぼくを突き飛ばす。ぼくはもんどり打って後ろへあった鏡台に頭を打ち付けられる。同時に鏡台に置いてあったらしい菓子の空き箱が落ち、中に入っていたと思われるいくつもの指輪やネックレス、そしてイヤリングなどが畳に散らばった。それを見た奥さんはますます逆上したのか、

「早く出ていって、この家から出ていって」

と悲鳴のような声をあげる。そして散乱した指輪の類いを覆い隠すように泣き伏した。さきほどのダイヤの指輪は奥さんの布団の上でキラキラと輝いている。ぼくはそれを見て黙って部屋を出る。そして急いで階段を駆け降り、薄暗い釜場へ逃げ込んだ。

焼火口の前にしゃがみこむと、バーナーの青い焔が烈しく揺れ動いた、焼火口からバーナーを取りだして、油のしみついた土間に置いたら、たちまち宝湯は燃え上がるだろう。この二カ月間、宝湯はぼくと奥さんのものだった。奥さんと一緒に死のう。ふと、そんな思いが過る。しかし、ぼくはバーナーを取り出す勇気もなく、この焔が消えたら、この家を出なくてはならない。これからどうしようか、などと考えて、ただ、ぼんやりと焔の中に奥さんを見つめているしかなかった。バーナーの音も奥さんのすすり泣く声に聞こえる。

突然、番台からの呼び出しブザーが静寂を破った。ぼくは思わず番台へ駆けつけようとして立ち竦んでしまう。いつの間にか、釜場の入口に奥さんが降りてきていたのである。浴衣姿に青い

焰の照り返しが揺れ動き、奥さんは妖艶そのものであった。弱々しい声がバーナーやブザーの騒音をかいくぐってきた。

「さっきは、とりみだして、ごめんなさい」

揺れる被写体

「餌をとってくるわよ」

ピラニアのいる玄関で、私は今日もあの男に少し皮肉めいた言葉を浴びせて勤めに出掛けようとしていた。

あの男は新聞に夢中な振りをして、顔を向けようともしない。私は水槽の中の三匹のピラニアを横目で見ながらブーツの紐を結び、ドアノブに手をかけ、もう一度飢えたピラニアへ目をやる。まだ、変化のないことに安堵しながら重いドアを少し押すと、脆弱な光が薄暗い玄関を少し明るくした。

あの男はアルバイトをクビになってから、何もすることがないと見えて、カメラの露出計を持ち出しては、私のドアの開閉時間が約一秒だから、それをシャッタースピードに換算すると絞りは快晴のときF値九〇、曇天の日はF値十一、雨の日はF値八の数値が適正露出だ、などというデータをとって喜んでいた。本当にデータをとるなら、シャッタースピードを二百五十分の一秒ぐらいにセットするのが普通なのに、ドアをシャッターに、部屋を暗箱にたとえてしまうのは、いかにもあの男らしい発想なのだ。それなのに、私はいつの間にかあの男の流儀に従って、今日はF値十一かな、などと考えて微かに雨の匂いを感じたりしていた。

大きく開いたドアから流れ込んできた光が楕円形の食卓にまで届き、ベランダから射し込むF値十一の朝と合流し、その重なり合う光の中で上半身裸の男の背は血管が透けるように青白かった。私はそれを拒むようにドアを閉め、ブルーの郵便受けを軽く叩いて階段を降り始める。なぜ、郵便受けを叩くのか私にもわからない。別に郵便受けでなくとも、手摺でも名字の書かれていない表札でもドアのノブでもいいはずなのに、そこから私の一日が始まるような気がして、郵便受けを叩いた。あの男は、私の一六一センチの身長と郵便受けの一四五センチの高さが、ほどよく比例しているからではないか、もし、私がそれより五センチ低かったり、高かったりすれば、郵便受けではなく他のものを叩くだろうと言う。

あの男はこういった理屈が好きらしく、理屈の苦手な私とときどき言い争いになった。このブルーの郵便受けのときもそうだった。階下に既成の郵便受けがあり、プレートには「宗像俊彦」、「向井可南子」と表記してあるのに、わざわざラワン材で手製の郵便受けを造り、カラースプレーで着色する段になり、どんな色にするかで散々もめたのだ。私は当然朱色にするものと思っていたが、あの男は朱色以外でどんな色がいいだろうと考えだした。結局、私の好きなブルーで妥協したものの、郵便受けなのか牛乳受けなのか、あるいは新聞受けなのか、まるで判別がつかない。事実、新聞も入れれば牛乳も入り、そして、あの男宛ではないガスや電気、上下水道料金の通知も舞い込む。そのことを問い質すと、名義変更していないのだから当然だと言い、だからといって別に使用料金が高くなるわけじゃないだろう、と取りあってくれない。私は一緒に生活する前に、分譲の公団を友人から安く譲り受けたと聞いていた。だから、変更していないというのは、今でも納得していない。私も正式な結婚をしているわけではないので、どうでもいいと自分に言い聞かせ、そのままにしてきた。

しかし、いつも投げやりに妥協してしまう私でも、ピラニアの件はあの男の言いなりになれない。つい三日前のことだ。ピラニアに餌をやるか、やらないかという些細なことで一時間ももめたのだ。

このところ男が餌をやっていない様子なので、私が駅前のスーパーで買ってきた、たった半切れの牛肉を水槽の中へ放り込もうとしたときだった。

「おい、やっちゃ駄目だ、そんなもの」

私の背中に男の怒声が襲いかかってきた。私はそのすさまじさに、牛肉をつまんでいる指先が小刻みに震えた。ピラニアの管理はあの男と決まっていたので、私に後ろめたさがあったのは否めない。しかし、今まで聞いたこともない男の怒声が私には衝撃だった。

私はすぐに、男が餌をやったばかりなのかと思い直し、

「四日もやってなかったのだから、少し多めにしてもいいじゃない」

振り向きざまに、ごく穏やかな口調で男に問いかけた。すると男は立ち上ってきて、私の手か

牛肉を
ら牛肉をもぎとり、

「もう、餌をやる必要はない」

と妙に毅然と言い放ち、シンクにある三角コーナーのゴミ入れに捨ててしまった。私は男がピラニアを飢えるだけ飢えさせて、また金魚を放り込む魂胆かも知れないと咄嗟に疑った。牛肉を捨てられた腹立たしさも手伝い、いささか興奮して、

「まだ、懲りずに金魚を餌にするつもり。金魚をやったらピラニアの腹を見ればすぐわかるのよ」

と、食ってかかった。

男はピラニアが金魚の頭に喰らいつく瞬間を写真に撮るのだ、という口実で、釣り堀から金魚を釣ってきては水槽の中へよく放り込んだ。だが、飢えたピラニアは金魚の尾の方から喰いちぎってしまうので、男の思惑通りの写真はなかなか撮れなかった。それでも、あの男は執拗にそれを繰り返した。朝、出しなに胴体と顔だけの金魚が水面にぽっかり浮いている光景を何度見たことか。仮に男が金魚の死骸を水槽から取り出し、私の知らぬ間に捨てても、生きた金魚を食ったピラニアの腹は微かに紅みを帯びてすぐにわかる。ひどいときには、黒ずんだピラニアがまるで血でも吸い込んだかのように胴体を真っ赤に染めていた。獰猛なピラニアがより一層獰猛に見え、私はそのたびに金魚を餌にするのはやめて、と訴え続けてきた。初めのうちは私の言うことに耳もかさないで図鑑を持ち出しては、血の色をしたピラニアこそアマゾンの本物に近い、と一人で

悦に入っていた。しかし、私の執拗な主張に折れたのか、それとも、思い通りの写真が撮れないために諦めたのか、ようやくその残酷なショーを止めてくれたのである。

「いや、金魚もやりやしないさ」

男は自分の眼を水槽の高さに合わせるように身をかがめ、三匹のピラニアを眺めながら平然と呟く。私は男が何を考えているのか、全く図りかねた。

「じゃ、餌はどうするの」

「この中の一匹が餌だ。考えてみれば、三匹というのはやはりよろしくない」

私は背筋に寒気を感じ、今にも身体に震えがくるのではないかと思った。ピラニアを共喰いさせようとしている男の思惑が、私にはたまらなかったのだ。

実を言うと、このピラニアは私とあの男の同居記念として飼い始めたものだ。私は前々から水中の螢といった感じのネオンテトラが好きだったのに、勝手にピラニアを飼うことに決め、ならば二匹がふさわしいと言っても、いや、三匹必要だと言い放ったのはあの男なのだ。それを今さら、三匹じゃ具合が悪いとはどう考えてもおかしい。だから私は、どうしてそんなことをするの、と聞く前に、男が二人の終わりを暗示するためにそう言っているのではないかと勘ぐってしまった。ところが、男の顔をうかがっても普段とあまり変わりはなく、また例の癖が始まったのかと楽観する気持ちも起こってくるのだ。

男には突然不可解なことを言いだす癖があった。学生時代、名字の関係で出席番号が私の後だったことから親しくなり、そんなことからルームシェアしようと唐突に言いだしたり、最近では水銀の垂れ流しをしているのが苦痛だと言いながら、告発すると脅かして写真製版の仕事を罷《や》めさせられたり、そうかと思うと、この頃ではカメラマンになると言って、売れるはずのないマンホールの蓋の写真を毎日撮りに出掛けたり、とにかく言葉を発したかと思うと、もう行動に移している。建築を学んでいた大学を二年留年してまだ卒業もしていないのに、一緒に暮らそうと言ったときの強引さを、私はあの男の愛情だと解釈したのだが、あれも、あの男の発作だったのかも知れない。もっとも、男と女の出会いとか別れは発作的なものかも知れないが、あの人が逝かなければ、私は決してこの男とこんな生活を送ることにはならなかったと思う。もう私の中にはいないはずのあの人と、知らず知らずのうちに、この男を見比べているのかも知れない。

それはともかく、金魚を餌にするより、もっと残酷なことをしようとしている男の行為を、ただの癖だといって許すわけにはいかない。ピラニアを飼うときの愛情と、共食いさせようとする嗜虐性は、そのまま私に対するそれのような気がしたからである。

この男には優しさと残忍さが同じ比重で宿っているのかも知れない。その傾向が顕著になったのは仕事をクビになってからである。それまでは、自分が手がけた製版の仕事が雑誌に載ると、自慢気に私に見せ、「写真の世界がこんなに面白いとは思わなかった。建築辞めて写真にしようかな」などと和やかな会話が続いていたのである。あの頃の優しさはどこへ隠れてしまったのだろう。私の方も最近は、男に向かって「あなたは働いていないのだから、私が餌をとってこなければ餓死するのよ、そのときは私を食べるつもり……」と言い返したい気持ちを必死に押し殺すように変わってしまっていた。そして、いつの間にか、私はピラニアを眺めている男を見て、この男は私のピラニアなのだから餌を与えておかなければならない、という変な思い込みが芽生えていた。男は男で私に部屋を提供しているのだから、餌を与えてもらうのは当然だと思っているのかも知れない。しかし、このピラニアは二人の共有物のはず。それを勝手に共喰いさせることは、どうしても許せない。ただ、今そのことで男を怒らせるよりも、男のいないときにこっそり餌をやればいい、と気分をとり直して、男と同じ目の高さでピラニアを眺めながら話し続けたのだ。

「どうして二匹にするの」

「一匹がどうしても邪魔だ。三匹というのはね、どんなことでも問題が起きやすい」

また、男の理屈ともいえない屁理屈が始まるのか、と思いながら、水槽の中のピラニアが互いの尾を舐めずり回しているようで気が気ではない。私は牛肉の包みごと水槽の中へ放り込みたい衝動を抑えつつ、

「互いに食べっこして、皆傷ついて死んでしまったらどうするのよ、それだったら餌を……」

と言いかけて、男がまた怒りだしそうな気配を察し、口をつぐんでしまった。

「そんなことはない、必ず二匹は残るさ、弱い一匹だけやられる、三匹というのはそういう運命なんだ」

私に男の考えが理解できるはずもなく、他の動物ならいざ知らず、ピラニアが三匹でうまくいかないなんて信じられないわ、と言い返そうと思い、しかし違うことを口にしていた。

「残った二匹には餌をやるの」

「ここから持っていくのさ」

「どこへ、お店に」

私はピラニアを買った店に返すのかと早合点したのだ。

「いや、餌をやるのさ、やらなきゃ死んじゃう」

あわてて訂正した男を見て、何事か企んでいる、と私は直観した。

「それは不公平よ、最期の一匹まで餌をやらない方がいいじゃない」

私は心にもないことを言い、男を困らせようとした。

「自分で自分の肉を食うことができると思うのか」

語気が強まれば強まるほど、内心の狼狽ぶりが伝わってくる。男は居間の方へ逃げるように戻り、私と口をききたくないといった素振りをした。水槽の中ではピラニアが気泡とたわむれつつ、まるで、私とあの男のように相手の出方を窺っているようだった。とすると、あと一匹のピラニアは誰なのかしら、ふと変な考えが脳裡をかすめ、あの男に女が……と想像をたくましくし、それで三匹ではうまくいかないと言っているのかも知れない、と無理に符号させてみる。符号させると、思い当ることが次々と浮かんでくる。私と一緒になりたいと言いだしたとき、戸籍抄本や婚姻届の用紙まで準備しながら、いざこの分譲住宅で暮らし始めると、将来うまくいくかどうかわからないから、一年間保留にしようと言いだし、それを提出しなかったばかりか、部屋は別々、その上、あの男の部屋へ私が入るのをひどく嫌うのだ。それに最初の一ヵ月ぐらいは私の体に触れようともしなかった。お互いの自由を尊重するために、この方がいい、できるだけきれいな関係でいた方が飽きもこない、などと例の理屈を述べて私の唇さえ求めようとしなかった。それはひどく酔って帰ってきた土曜の夜にあっさりと破られ、男がしきりに後悔しないかと私の顔色を窺っていたのを覚えている。後悔するぐらいなら一緒に棲むはずがないのに……。

でも今、考えてみるととても不思議なことだ。男と女が一ヵ月も一緒に居て何もなかったというのが……。男はそれ以後も酔わないかぎり、私を求めようとしない。そんなにストイックとは思えないし、とても不思議な気がする。やはり以前から女がいたのかも知れない。でも外泊はおろか、夜だって遅くなることのない男だ。勤めを罷めてからはなおさらのこと、一度も留守にされたことがない。それに買物だって一緒に行くし、仕事で疲れたときに外食したいと連絡すれば、わざわざバスに乗って駅前まで飛んできてもくれる。そんな男に私以外の女がいるなんて、とても信じられない。もし、他の女と会うとすれば、私が勤めに出ている時間以外に考えられないのだ。とすると、夜の仕事をしている女の人、それとも主婦、学生、などと思いめぐらし、あの男にそんなお金があるはずがないことに思い当って、一応、ほっとする。でも、一度疑心にとりつかれると、相手にお金を出してもらうことだって可能ではないか、現に今の私がそうしているの

だから、などと、いまいましさのうちに感情が昂ぶってくるのだった。そして、テレビを見ている男の背中へ、

「ピラニアに餌をやらないなら、あなたにも餌をあげないわよ」

などと、いつにない金切り声を急に張り上げているのである。啞然として振り向いた男の表情を見て、結局、餌をつくってしまうのだが……。


私は三階から下りきると、広場にあるバスの停留場へ向かう。数多くのコンクリートの巣箱から飛び出してきた人々が、私と同じように歩を進めている。その光景をあの男はいつも三階のベランダから眺めていた。三脚にカメラをセットし、ズームレンズを取り付け、食い入るようにのぞき込んでいたのだ。そのレンズを意識していたのは私だけだが、あの男は私だけを見ていたのかどうかわからない。角度を変えれば、斜向かいの団地の部屋ものぞけるはずだし、広場の向こうの雑木林の中まで見えるはずだから。それでも私は振向いてあの男に手を振った。きっと、ファインダーには少女のように背伸びして、無邪気に手を振っている笑顔の私が映っているに違いないと思いながら……。私のその動作をいぶかる人が私と同じように振り返り、団地の方を見ることもあった。私はバスを待つ人の列の最後尾につき、もう一度振り返る。あの男は上半身裸のままで相変わらずファインダーをのぞき込んでいるようだった。バスが来てあの男の視界を遮っても、男はそこを離れなかった。私はいつもバスの中で思った。あの男も私も、何か夢を見てい

るのではないかと、悪い夢でも良い夢でもないけれど、ちょっぴり辛く、ちょっぴり甘い夢を。他の人と少しの違いはあるかも知れないが、これが私の選んでしまった生活なのだと、自分自身に言いきかせ、毎日、あの男のために勤め先の弁護士事務所へ餌をとりに出かけた。少なくとも三日前までの私にはそれはそれでよかったのだ。

ところが、あのピラニアの件以来、私の心に今までにないわだかまりができ、あの男もベランダに姿を見せようとしない。何を考えているのか、めっきり口数も少なくなり、私の目を正視しないばかりか、食事さえ一緒に取ろうとしない。そうなればなるほど、私の方も男に疑念を強くし、いろいろと詮索してしまうのだった。ピラニアを共食いさせるなどというのは、とても気まぐれとは思えないし、三匹が不自然というのも不可解だ。でも、いくら詮索してみても、これだと思い当るものが浮かばない。

始発のバスが来た。もう一度振り返ってベランダに視線を投げるが、やはり男はいない。バスに乗り込むとき背後から会話が聞こえてきた。

「一戸建て住宅を買いましてね。ちょっと不便なところですが、ようやくコンクリートから解放されます」

「それは羨ましい。で、どちらの方へ……」

（まだ目が覚めないのかしら）

調子のよくない洗濯機はすすぎから脱水に入ると、けたたましい音を部屋中に響かせるので、とても寝ていられるはずがないのに、あの男は襖を閉じたまま部屋を出て来ない。昨日の夜からそうなのだ。食事はいらないと言い、早々と部屋に閉じこもったきりである。

私は洗濯物をハンガーにかけ、ベランダの物干竿に吊す。襖を開けて男をたたき起こせばいいのだが、私にはどうしてもそれができない。以前に約束を破って勝手に部屋を掃除したことがあった。そのときの怒りようはピラニアに餌をやろうとしたときと匹敵するものだった。それが怖かったことと、理由のわからない男の沈黙を打ち破るだけの勇気がなかったのだ。これまで突然不可解なことを言いだす癖があっても、私を避けるようなことはなかった。それだけに私の不安は色を濃くしていくのである。

私はCDのボリュームをいっぱいに上げ、部屋中に響かせることを思いつく。あの男が好んで聞くジョン・レノンをかける。それでも起きてくる気配がない。どうしたのかしら、よほど私と顔を合わせたくないのかと思い、いまのうちにピラニアに餌をやろうとひらめく。急いで冷蔵庫を開け、肉を取りだし、水槽の蓋をそっと開ける。ピラニアは肉が水槽の底へ沈む寸前に飛びつき、思い思いにくいついて来る。何気なく玄関に目を移すと、あの男の運動靴が見当たらない。腰をかがめ下駄箱をのぞいても入っていない。（出かけたのかしら）と、あの男の部屋の襖を恐る恐る開けてみる。いない。私がまだ寝ている間に出かけたようだ。（どこへ行ったのかしら、行くところなんてあるはずがないのに……）私が会社へ行っている平日は、ときどき撮影に出かけていたようだが、日曜日は一度たりとも外出したことがなかった。（まさか、職探し）と思いつき、（あの男が）と打ち消す。

もう帰ってこないのでは、という不安が不意に頭をもたげてくる。あのときのあの人のように……。いや、きっと私と顔を合わせたくないばかりに、どこかへ遊びに行ったんだわ、と思い直し、朝食とも昼食ともつかぬ食事をつくり始める。自分たちは危機なのかしらという思いと、男と女が棲んでいればよくあることじゃないかしら、という思いが交互に起こってくるのだった。でも原因も理由もはっきりしないのが釈然としない。少なくとも、あの男が私を避けなければならない理由はないのだから。ピラニアのときだって、私が折れて餌をやらなかったし、食事だって作ってあげたのだから。私は男に疑心こそあれ、表面的には普段と変わりなく接していたつもりだ。それなのに、男が寡黙なのは、きっと、自分の隠していることに後ろめたさがあり、それを私に悟られたと勘違いしているに違いない。でなければ、そんなことをする男ではないのだ。私はそう考えて腹の底から噴き出してきそうな不安を押え付けた。

男が帰ってきたのは、私が腹ばいになり新聞を拡げているときだった。荒々しいドアの音に振り向くと、カメラを肩から下げ、数冊のノートを小脇にはさんだ男が駆け込むように入ってきた。その勢いで食卓とサイドボードの間を通り抜けようとしたとき、ノートにはさんでいたのか、白いものが食卓の下にぽとりと落ちた。いつもなら落ちたわよというのが、なぜか喉につかえて言えず、男は男で一言も発しないで、そのまま部屋へ飛び込んで行った。襖を閉める音が部屋中に響き、その音に私はよけい腹が立ち、メモらしいその紙に新聞をかぶせた。案の定、男はあわてたように部屋から出てきて、玄関の方へ向かう。私はそしらぬ振りをしてベランダに出る。布団を竹棒で思いきり叩き、取り込みにかかる。男は食卓と居間の間を行ったり来たりしている。その目が異様に光っているのを感じ、私は少し動揺する。男が探している居間に布団を投げ込む、さらに洗濯物をなるべくスペースをとるように入れ込む。男は変だな、などと呟きながら、また玄関の方へ行く。私は自分のいじわるに後悔しはじめ、新聞を少しずらす。そして、そしらぬ振りをして洗濯物をたたみ始める。男は玄関から食卓の方へ這うようにして歩いてきて、ようやくそれに気がつく。私は無言のまま背中で男の動作を見守り、男も無言でそれを拾い、何事もなかったように部屋の中へ消えていく。

私がふとんや洗濯物を取り込んだあと、男はゆっくりと襖を開け、テーブルの前に腰を下ろし、靴下をぬぎ、丸めてぽいと部屋の隅に放る。そして、テーブルの上にあった私の残り茶をぐいと飲み干し、突然、喋りだしたのだ。

「なあ、植物は土の中のリンやカルシウムを吸収して育つだろう。その植物の葉を食べるのはモンシロチョウの幼虫だよな、そしてその幼虫を食べるのがシジュウカラやスズメだろう。それをまたヘビが食べる。そこまではいいよな」

と、一気にまくしたて、またお茶を飲もうとして、茶碗が空になっているのに気づく。

「入ってないじゃないか」

私は男の態度の変化に唖然としながら、あわててポットから湯を急須に入れる。いつもの図々しい男に戻ったわ、どういうつもりかしら、と軽く訝りながらお茶を入れる。男はそれを飲み込み、

「ところが、ヘビが死ぬとする。スズメでもいいが、とにかく死んだ肉を専門に食べる虫がいる。つまり、生物の腐肉を食べて、その中の栄養を土に戻す役割を引き受けている虫がいる」

男の口調は酒でも飲んでいるかのように滑らかで、手でジェスチャーさえ加えている。私は一応首肯《うなず》きながら聞いていたが、内心、ピラニアに餌をやったことがばれるのではないかと不安でたまらなかった。

「その虫の名前はシデムシというんだ。シデムシにもいろんな種類がいるけど、要するに生物の死体を分解し土に栄養を返す役割に変わりはない。この昆虫がいない。これは大変なことだよ」

私には何が大変なのかさっぱりわからない。大変なのは今朝まで私を避けていた男が、いつもの様子に戻ってしまったことだ。

「シデムシがいないということは生態連鎖に大きな狂いが生じ、それは自然の滅亡を意味することにつながるんだ」

この男はベートラップに腐肉を入れ土の中において、シデムシがかかるかどうか公園で調査したというのだ。もちろん、そういうグループに所属して、ただ写真を撮っていただけのようだが、その調査結果が今日出たという。私は男の心算がすぐにわかった。写真製版の仕事で水銀の垂れ

流しをしているときも、それを写真に撮って、会社へ告発すると持ち込み、お金をせしめようとして逆に脅かされクビになったことを知っていたからだ。

「今度はどこへ持ち込むつもり?」

「いや、どこへも、今回は純粋、純粋な気持ちさ」

と言いながらも口笛などを吹いて何か楽しそうである。

そして夕食が済んだ後、今度はノートを持ち出してきてシデムシの説明をしだした。

「シデムシは埋葬虫と書き、コクロシデムシ、ヤマトモンシデムシ、クロシデムシなど地球上に千種類もいる。体長が一・四センチから一・五センチ、蟬のような尾を持ち、脚が四本、手が二本、ヒゲが二本、触覚が二本、体は黒色で鞘翅に二個ずつの大きな波状横帯紋がある」

「いないのに、どうして写真に撮れるわけ」

私は素朴な疑問を男に向ける。

「無生息地域は主に下町、京浜東北線の西側にはコクロシデムシがわずかにいる。それに環状八号線よりこっち側には、まだ二種類のシデムシが生息している。だから、都心部にはいないということだよ」

「土に栄養を与えるためだったら、化学肥料を撒けばいいじゃない」

「もう、シジュウカラもいないんだ。生態系が狂うことが、どんなに恐ろしいことか、きみにはわからないのか」

愁いを帯びた表情でやけに善人ぶる言葉が飛び出すのは、この男の気分のいいときに決まっている。

私は男がいつピラニアのことを言いだすかとひやひやしながら相手をしていたが、ばれていない様子に安堵感を持ち、男はピラニアを共食いさせ、その腐肉をベートラップに入れるつもりだったのかも知れないと思った。

それにしても、毎日ピラニアを見るあの男が、今日は目もくれないのはどういうことだ。シデムシに夢中でそれどころではないのか、あるいはわざとそうしているのか、私には判別がつかない。本当に共喰いさせたいのであれば、一刻を争うように観察し続けるはずなのに、それをしないのはどういうつもりかしら。金魚を餌にしたときの拘りようからすれば、とても考えられない態度だ。

私は男の気まぐれに振り回されているのかも知れない。考えてみると、程度の差こそあれ、今日までずっとそんな繰り返しのような気もしてくる。それならば、ここ四、五日の私の男に対する気遣いは単なる思い過ごしだったのかも知れない。よくよく考えてみれば、一緒に棲むと決めたとき、私はあの男に何かを期待したわけではなかったのだから、あの男のことをこんなに気にする必要もないのだ。でも、頭の中でそう思っていても、やはり一緒にいると何かと気になってしまうのは確かだ。それどころか、勤めを終えると、まるであの男の磁力にでも吸い寄せられるように戻ってしまう。あの男のひとつひとつの言葉やいちいちの動作が私の脳を刺激し、私の心をいっぱいにしてしまうからかも知れない。初めのうちはいやになったらいつでも別れてやる、くらいの気楽な気持ちでいたのに、気がついたときは、あの男のペースに巻き込まれていた。もっとも、あの男が今度は何を言いだしてくるだろう。という楽しみとちょっぴり不安が混じり合った、複雑な思いで毎日を過ごしていると、一緒になる前の、鈍く滞っていた私の脳がすばやく動き始めるのだった。シデムシについてもそうだ。私のまるで興味のないことを、男の輝く瞳で、さも真面目そうに言われると、暗示にでもかかったかのように、つい私の好奇の角がもたげてくる。もちろんシデムシへの興味ではなく、それに夢中になってしまう男の正体についてだ。いったい私はどういう生態系に属するのかしら、などと考えながら、夜遅くまであの男に付き合っているのだった。

翌日のこと。ドアのノブが回らないので、バッグから鍵を取出して開けてみると、雨戸まで閉めているらしく、暗闇の中にピラニアの水槽だけが、まるでスポットライトを浴びたように浮かんでいた。現像でもしているのかしら、とふと思い、恐る恐る台所の蛍光灯をつけてみる。そして押入れの中にいるかもしれない男に向かって、「いるの」と声をかけてみる。返事がない。散歩にでも出かけたのかしら、と思い、居間にあるタンスの前でミディのスカートを脱ぎ捨て、ジーンズを左足から穿く。左足から穿くのは私の癖らしく、あの男は人間の身体はシンメトリーじゃないから、きみの場合は五十キロの体重が左側に二十六キロ、右側に二十四キロぐらいの割合で成り立っているのではないか、と冗談とも本気ともつかぬ顔で言っていた。

ジーンズのチャックを上げながら、少し汗ばんでいるのを感じ、シャワーを浴びてから餌を作ろうと思い直し、上げたチャックをおろしジーンズと、ランジェリーを脱ぎ捨てて浴室へ向かった。洗面所のドアを開くと、浴室の嵌殺窓の模様がくっきりと浮かんでいた。電気を消し忘れたのかしら……。私はそう思いながら浴室のドアを何気なく開いた。トランクス一枚だけの男がタイルにしゃがみこんで、なにやらごそごそやっている。私はびっくりして、一瞬たじろぎ、

「なんだ、いたの、驚かさないでよ」

と言いつつ男の動作をのぞき見ると、盥に水を入れて紙焼きした写真を洗っていたのだ。ついでに浴槽に視線を投げると、シデムシの写真が水面を覆い隠すように、びっしりと漂っているではないか。男は手を休め、首だけ私の方を振り向き、何か言おうとして言葉に詰まったらしく、私を下から上へと舐めずり回すように見上げた。私はその視線で全裸であったことに気づき、あわててドアを閉めようとすると、それを止めるように、

「ピラニアが死んだよ」

と、男は私に浴びせかけてきた。私のドアを閉める手が急に弱まり、

「まさか」

とは言ったものの、それ以上言えば餌をやったことがばれると思い口を閉ざし、全裸のまま水槽の方へ駆け出した。

「共喰いした」

私の背中をあの男の言葉が追いかけてくる。

「そんなはずはないわ、餌をやったのに……」

と男に聞こえないように呟き水槽を見る。気泡の間を悠然と泳いでいるのは二匹のピラニアだけで、たしかに一匹見当たらない。男も出てきて、背後から、

「共喰いしているうちに耐えられなくなって飛び出したんだろう。不思議なことに少し蓋があいていた」

そんなバカな、餌をやったのに。私は何度も心の中で叫びながら、昨日、あわてて餌を与えたから蓋を閉め忘れたのかも知れない、と思うのだった。それにしても、決して飢えているはずのないピラニアが、水面から五センチもある水槽を飛び出すかしら、という疑問も同時に起こってきた。

「共喰いしたところを見たの」

「現像の途中で、水の音が聞こえたから見に行くと、玄関の三和土《たたき》に叩きつけられていた。尾が食いちぎられたショックで飛び出したのだろう」

餌をやったのだから共喰いするはずがない、と主張できないもどかしさを私はもてあます。それに、飼育されたピラニアは野性を失い、よほどのことがない限り共喰いなどはしない、と今日会社の人に聞いてきたばかりなのだ。

「蓋が閉じていれば、本格的な共喰いが見られたのに、残念なことをした」

私はやけに蓋にこだわる男を見て、餌をやったことに気づいた男が、私に対する報復のためにピラニアを殺したのではないかと疑ったほどだ。共喰いしないピラニアが水槽を飛び出すはずはなく、ましてあの敏感なピラニアが昼の間にそんなことを起こしたとは思えない。私はそう確信すると、目の前にいる男が冷酷で残忍なピラニアそのもののように見えてくるのだった。

「死骸はどうしたの」

「シデムシが丁重に葬ってくれるさ、生態系にそってね」

その言い方には微塵の悲しみも哀惜も感じられないばかりか、そっくりそのまま私に対する男の思いのように感じられ、つい、

「殺したのでしょう」

と強く言った。男は眉間に鋭い二本の皺を寄せたかと思うと、いきなり私を抱きかかえ、またたく間に浴室まで運び、シデムシの写真でいっぱいの浴槽に放り込もうとした。瞬間、私は殺気すら覚えて、

「やめて」

と叫んだのだが、男の力に抗うことも出来ず、背中から浴槽に沈み、少し定着液や現像液の混じった水を呑んでしまった。夢中で水面から顔を出し、浴槽の中で立ち上がり、呑み込んだ水を吐こうとしたのだが、思うようには吐けず、濡れた髪や顔を手で払いながら、

「何をするのよ」

と言うのが精一杯の抵抗だった。ところが男は真剣な目付きで近寄り、

「そのまま動くな、手を上げろ」

と言い、私の乳房に手を伸ばし、べっとりと貼り付いてしまった紙焼きを剝がしにかかったのだ。よく見ると臍の辺りや太股や臀部の方までシデムシの写真が貼り付いていた。

「何よ、こんな写真」

私は臍のところの紙焼きを自分で剝がし、破り捨てた。

「まだ、頭を冷やしたいのか」

男の威嚇にたじろぎ、抵抗する術を失った私は、じっとしているしかなかった。男は私を衝動的に浴槽に放り込んでみたくせに、紙焼きの破損を怖れてか、慎重に剝がし取り、丁寧に盥の方へ移していた。定着液のせいかぬるぬるした微妙な感触が、幾分、私を変な気分にさせた。しかし、私の男に対する疑いがそれでおさまるはずもなく、ますます不信の念を強くしてしまったのだ。


それから二日間、男は部屋に閉じこもって、写真のトリミングやパネル貼りに夢中だった。あんな写真を一体どうするつもりかしら、と思っていたのだが、それを聞きだすと、印画紙やパネル代などが結構かかるので、逆に無心される怖れがある。みすみす男の術中に嵌まる必要もない。ここはひとつ興味のないふりをするに限る。と奥歯に力を入れて黙《だんま》りを決め込んだのだった。

今まで、そんな計算をしないで思いのままに口をきき、気がついたときには男の思惑どおりに進んだきらいがある。ピラニアだって、結局、男の思い通りになってしまった。シデムシの写真にしたって、きっと何か企んでいるに違いない。それにしても、あんな気持ちの悪い写真をどうするつもりか、まさか、本当にどこかへ売り込もうとでも考えているのか。誰も共感してくれるはずがないことぐらい、わかりそうなものなのに……。でも、売り込むのであればパネル貼りにする必要はない、どこかに展示でもするのだろうか。どちらにしても実現しそうにないことを一所懸命やっている。全く時間の浪費に過ぎない。もっとも、あの男にとっては毎日がそうなのだから、報われなくてもともとと言える。それに、私から金を引き出すために必死の努力をしていると考えれば、あながち無駄とは言えないのかも知れない。そんな考えをめぐらしながら、いつ男が口をきいてくるかと楽しみにもしていた。

ところが、結局、口をきいたのは私の方からだった。その日、会社から戻ると、すぐに掃除を始めた。男はパネル貼りが終ったのか、仰向けに寝転がってカメラ雑誌を読んでいた。大きな音を出して掃除機を掛けているのに男は反応を示さない。どこうともしない。私はそれも男の手だと思い、暫く黙って待っていたのだが、たまらず、

「邪魔だからどいてよ」

と口火を切ってしまったのだ。私は内心しまったと思いつつ、男の反応を待ったのだが、男は雑誌を持ったまま、まだ、埃を吸い取っていない床へごろりと一回転しただけだ。私は何か言わ

れるのを期待していたのか、その姿を見て無性に腹が立ち、ごろごろしているんじゃないよ、と怒鳴り散らしたい気持ちを抑える代わりに、思いきり掃除機のホースを床に叩きつけた。男はさして驚いた様子もなく、雑誌をぽとりと胸に落としただけだった。

私は思わず息を呑み殺し後退りした。無表情で瞬きもせず、何か遠くを見ているような眼差し。顔だけを私に向け、決して、私を見ていない瞳が私の下にあったからだ。それは焦点の定まらない目とか、放心したときの目付きとか、死んだような目とは形容しがたい異様な目だった。男はそんな目をしたまま、かったるそうに立ち上ると、自分の部屋へ消えていった。

私は雑木林の中へ半分沈みかかった黄赤の太陽を眺めながら、あの目もあの男の手かしら、何か同情をひいて、私をたぶらかそうとしているのかしら、という思いと、何かを思い詰めて、周りが見えなくなっているのかも知れない、という思いが、鋭く交差した。そして、あの人もあんな眼差しをしたことがあった。とふと想い出し、背筋に冷ややかなものが走るのだった。

私は会社へ出てもあの男の目が気になり、ひょっとすると精神を患っているのかも知れない、男の身に重大なことが起こっているのかも知れない、人は死ぬ前にあんな目をするのかも知れない……などと考えて仕事が手につかなかった。ところが、あの男は私の心配を嘲笑うかのように、無心の電話をしてきたのだ。

「個展開きたい。金ある」

またしてもやられたと思いながら、怒るに怒れず、泣きたいような、笑いだしたいような複雑な感情で、

「あるわけないでしょ」

と、そっけなく返事をした。「そう言うと思っていたわ、あんな写真じゃやるだけ無駄よ、デジタル時代にモノクロのアナログ写真なんて」と言い返したい気持ちを抑えて男の言葉をじっと待っている自分がいた。

「そうだよな、あるわけないよな、ヒモに餌をあげるだけで精一杯だよな」

男は哀調を帯びた悲しげな声でいう。それに反応するかのように、預金通帳が脳裏を掠め始める。都合よくそれ以上の会話はなく済んだものの、もう一押しされたら、なんと応えていたかわからない。その証拠に、私は勤めを終えるとなぜか家路を急いでいた。金はない、と素っ気無く言ってはみたものの、思い込むと何をしでかすかわからない男が、とても不安だったのだ。

その不安が的中したと言うべきか、男はいなかった。私はとっさに個展を開くための金策かと思い、さらに私のお金を持ち出していないかと疑い、整理ダンスの中の現金をはさんでいた家計簿を出してみた。生活費は持ち出していない。金策へ行くためのお金だって持っているはずがない、あんなに写真に注ぎ込んでいたのだから……。本を古本屋へ、と考え、本だけでそんな資金を作れるはずがないと思い直し、カメラだわ、カメラを質屋へ持って行ったんだわ、と判断し、急いであの男の部屋の襖を開けてみる。足の踏み場もないほど、雑誌だのフィルムの空箱だの、

新聞の切り抜きだの便箋だのと散らばっている。やはりギャゼットバッグはない。それにダークバッグも三脚も……。机の上には引伸し機や乾燥機や液薬貯蔵瓶が置かれ、窓際には二十枚ほどのパネルが積み重ねられている。よく見ると、驚いたことに全部破られているではないか。握り拳で真ん中を思い切り突いたような破れ方だ。

私は座り込んで一枚一枚パネルを手にとり、せっかく貼ったのにどうしたのかしら、これじゃ個展などできるはずがないじゃない、まさか、お金がないと言ったので癇癪を起こして破ってしまったのかしら、と思い、目頭が熱くなるのを感じるのだった。一枚一枚手に取っては重ね、取っては重ねているうち、不意にこれもあの男の手じゃないかしら……という思いが脳裏を過《よぎ》り、目頭が冷えてくるのを感じた。金策に出かけたのではない、わざわざ出かけたふりをして、私をこの部屋に導き、やおら男の登場となりかねないのでは……と警戒し、あわてて男の部屋を出た。

男はあの手この手を使って、私から個展の費用を引き出そうともくろんでいるに違いない。だから、男はすぐに戻ってくる、と高を括っていたのだが、ついにその日は帰って来なかった。さすがに今度は慎重だな、私に心配させ、動揺し始めたところへ、いっきにつけこもうという魂胆だろう。あの男のことだから、そのためには一日や二日ぐらいは帰らないかも知れない。しかし、今度はそう甘くはいかないぞ、こっちから連絡は絶対にしない。必ず男の機先を制して、厳しく撥ね付けてやる。いくら傲慢な素振りをしていても、敏感で神経質で臆病で気の弱いあの男のことだから、私の勢いにたじろくに違いない。私は出しなにマニキュアを塗りながら、手ぐすねを引いて待っていたのだった。

ところが三日経っても、なんの音沙汰もない。さすがに私も不安になってきた。今日は戻って来る、来ない、という半々の感情が私の中で落ち着きなく葛藤した。いつもは居ても居なくとも、どちらでもいい、と思っていたのに、少しの物音でも、男が、と思いつい玄関に目を向けてしまう。いずれはこの男と別れるときが来るだろう。と心の準備をした上で、一緒に棲み始めたはずなのに、いざ、私の目に映らなくなると、新聞の休刊日のようなぎごちない朝を迎えてしまうのだ。それにしても、いったいどこをうろついているのだろう。撮影旅行に出かけたとしたら、ベランダにセットしてあるズームレンズ付きのカメラを持っていくはずだし、第一、旅行にいく費用をどこからも捻出できるはずがない。男はズームレンズ付きのカメラ以外の機材を売りさばいたか、なんらかの金が入ったかして、遊び歩いているに違いない。私は勝手に決めつけ、勝手に納得しながら、あの男との試験結婚も、もう終わりだろう、と思った。

試験結婚と言えば、私は十八歳の時、半分同棲のような経験があった。児童文学のサークルで知り合い、割とうまくいっている関係だと思っていた。もっとも、そう思っていたのは私だけで、今、考えると、あの人は互いの傷を舐めあっているような生活に辟易していたのかも知れない。宮沢賢治のよだかの星が好きで、自分を傷つけることでしか、自分の存在を確かめることができなかったことに、あの人は拘っていたのかも知れない。

「鷹に殺されそうなよだかだが、自分よりも弱いかぶと虫や羽虫を食べなくては生きていけない。

結局、よだかは自殺したんだよな、虫を食べないで飢えて死のう。遠くの空の向こうに行ってしまおうっていうことは、そういうことだろう。自分より弱いものを食べるって人間社会も同じだね」

私はそんなことにはまるで無頓着で、ただただあの人が好きだったのにそれをうまく表現できず、体を合わせることだけに夢中になっていた。そして、失神しそうなくらい愛された短い夏の夜、あの人は突然、姿を消し、一週間後に海辺の街で轢死した。星になって今でも燃え続けているのかも知れない。それ以来、無気力という細菌が私の体内を蝕み、ただ時間の波に揺られているしかなくなったのだ。だから、あの男と一緒になるときも、なんの期待もしなかった。ただ、心の底に私を愛するように相手を愛したい、相手を愛するように自分も愛されたい、という気持ちはあった。その条件さえ満たしてくれるなら、別にあの男でなくとも良かったのだ。でも、それは所詮、無理な要求だったのかも知れない。対等に愛し合うことなどできるはずがないのだから……あの男も私も互いに自分を愛するあまりに、互いに肉体で接する機会が少なすぎたように思う。頭の中でしか愛せなくなっている私は、きっと、どこか狂っているに違いない。なにもかも試験してみないと前に進めない私に、無免許で車を走らせるような真似は到底できない。あの男は、無免許の人生を送ろうと必死に抵抗しているのかも知れない。

男が一週間経っても戻ってこなかったら、私も出ていこう。別れが免疫になれば、独りで生きていく抵抗力も出てくるだろう。満員電車の中でそう決心しながら、べっとりと身を寄せてくる男の乗客の肉体を払おうともせずに、相変わらず餌をとりに出かけた。そして、勤めから戻ると、八百屋さんからもらい受けた段ボールに、下着や洋服、とりあえず必要な炊事用具などを深夜まででかかって詰め込んだ。明日からアパートを捜そう、もうあの男が帰ってくるとは、とても思えなかったのだ。それとあの人の時のような経験は二度としたくないという思いが脳裏を離れなかった。だから、早くここを離れようという気持ちもあった。冷静に考えてみれば、少しの溌溂さも、活発さも、俊敏さもないこの団地が、あの男に似合うはずがないのだ。私だってまだまだ賑やかな街が似合うはず、こんなところに棲みついたのは間違いだったのかも知れない。どうして、早くそれに気がつかなかったのだろう。男の方が先に気づいて出て行ったのかも知れない。

「屋上から下を見下ろすと、子供たちと奥さんたちが戯れていてね、幸福が散らばっていますよ、と言っている感じ。ああいうのって耐えられないよな、とくに晴れた日は……」

男が何気なく呟いたのを想い出し、やはり、男はこの雰囲気に染まることができなかったのだと、勝手に決め込んでいた。

一週間経っても男は戻らなかった。私は雑誌でアパートを捜したが、適当なのが見つからず、街の不動産屋さんを回ってみた。それでも気に入った物件はなく、歩き疲れて帰ってきた。バッグを投げ出し、袋に詰めようと思って出していた布団によりかかり、知らぬ間に寝てしまった。よほど疲れていたのだろうか。空腹に気がついて目を覚ましたときには、すっかり部屋の中は闇につつまれていた。テレビの上で時計代わりに使っていた録音用のデジタルタイマーが微かな音を、不気味に響かせて一時十五分を表示していた。私は電気をつけるのも疎ましく、手探るように冷蔵庫の中からハムと牛乳を取りだし、あの男は飢えていないかしら、と案じながら、飢えたピラニアのように食べ、ピラニアのような男だから大丈夫だろう、と言い聞かせ、牛乳を喉に流し込んだ。

ふと、私は棄てられた女という意識を全く抱いていない自分に不思議さを覚えた。心の底で、きっとそうなると思い続けていたからだろうか。今になってみると、それがいつ来るかという不安を、むしろ楽しんでいたような気さえしてきた。あの人のときからすれば、比較にならないほど落ち着いている自分に驚き、ピラニアのときもシデムシのときも、もっと取り乱しておけば、あの男は出ていかなかったのかも知れない、と思った。

私は冷蔵庫の明かりでハムを噛りながら、あの男の匂いを追っている自分に気がつき、あわててドアを閉じたが、バターケースが引っ掛かったらしくうまく閉まらない。もう一度開き直して手に取った瞬間、むかつきを覚え、それを落としてしまった。強烈な吐気が二度、三度とおこり、あわててシンクへ駆け出した。まさか、という思いが私の脳裏を素早く走り、左手で腹を押え右手を口に当てていた。

私はむかつきが収まるのを待って、外気に当ろうと、アルミサッシの窓のロックを外した。噴水も止まり、人影もない広場に外灯だけが煌々と輝き、星空が冷気を覆っているようだった。あの男に連れられ、初めてこの団地に来たとき、外灯の下から闇に浮かぶ黒い輪郭を見上げ、あの男が酒にまかせて自嘲気味に呟いたのを思いだした。

「ここは巣箱さ。卵を産み落としたら、飛んで行ってしまう。ほら、鳥でさ、自分で巣をつくらないで、他の鳥の巣に卵を産み落としていく鳥がいるだろう。あの鳥の名前はなんだったっけ……」

私は巣箱から飛んでいったあの男を思いながら、バターの匂いでむかついたことに拘っていた。あの人とは一度も経験しなかったことが、月に何度も接しないあの男との間に、と思うと感動すら覚えた。私はそれが事実のように思い込み、どこまでもつきまとう男の影におびえてもいた。そして、私は独りではなくなるかも知れない、もし、子どもを授かっているなら、たとえシングルマザーになろうとも産もう、そして、誕生花の名前を付けてあげようなどと思い巡らし、産み月まで数え始めていた。そんな思いが心を軽くし、暫く広場を見下ろしていた。

するると、不意に外灯の下のベンチから黒い塊のようなものが私の目に飛び込んできた。それは、今までベンチに横たわっていた人が、突然起きたような感じだった。私は一瞬、あの男だ、とひらめき、玄関に足を向けた。しかし、すぐになんの確証もないことに気がつき、再び窓際に立って広場のベンチを見下ろし始めた。黒い塊は動こうとしない。じっと目を凝らしているうちに幻覚ではなかったかしら、とさえ思った。しかし、黒い塊がベンチの上にあることは間違いない。念のため、あの男がセットしたズームレンズ付きのカメラをのぞいてみようと思い、窓を逆に開けベランダに出た。

私はファインダーをのぞき込み、焦点距離を変え、黒い塊を必死で引き寄せようと、レンズを回す。やがて、ファインダーの中には外灯の下のベンチに腰をおろしているらしい人影がぼんやりと浮かんできた。二百ミリから三百ミリにズーミングすると、ベンチにギャゼットバッグを置き、それによりかかるように身をもたせ、右手で頬杖をし、脚を組んでいるあの男の姿が私に向かってきた。さらに四百ミリへとズーミングし、確実にあの男であることをファインダーの中で確信し、たぐるように私のところへ引き寄せる。私は勢いよく接近してくる男の顔に一瞬たじろぎ、目を離してしまうほどだった。しかし、勢いよく飛び込んできた割には、男の頬はこけ、髪はばさばさ、まるでホームレスのようだ。でも目だけは異様に光り、その目がこちらを見上げているのだ。私はぎりぎりまでズームアップし、ファインダーの中であの男の目を凝視した。すると、あの男も私の目を凝視してくる。

——レンズを通してしか見られないのか、なぜ肉眼で見つめ合おうとしない。どうして迎えに出てこない。もう俺を必要としないのか。いつまでたっても彼の影を抱えて俺のことなんか、少しも考えていやしない、結局、自分が愛した彼を引きずっている自分が愛しいだけなのさ。初めから気がついていたんだ。

私は私に語りかけてくる男の目を拒むように、ゆっくりとレンズを回し、男を遠ざけようとする。男の顔を、男の上半身を、男の全身を、向こうへ、向こうへと押し返し、男を黒い塊にしてしまう。そして、再び男を私のところへ引き寄せ、また、ゆっくりと遠ざけてゆく。私は私の被写体を迎えに出るか、放っておくか、という曖昧な心の状態で、ただ、ズーミングを繰り返し続けていた。胎内には黒い塊の新しい被写体が芽生えているかも知れない、と思いながら……。

おとぎ電車

「凄い雨だごど」

「栗子峠を過ぎっと晴れてんべ」

宗像利彦は窓際の席に一人で座ってうとうとしながら、隣席の老夫婦の声が急に小さくなるのを感じた。語尾を呑み込む方言のせいか、豪雨が車内の声をかき消しているせいか。それとも気圧の変化によるものなのか判別できなかった。列車が山へ登り始めてから空気が変わったことは確かだ。別の世界へ、別の世界へ吸い込まれるように、宗像は再び微睡《まどろ》み始めていた。

妻の可南子が通販で買い求めた三本脚の楕円形のテーブル。宗像家の食卓である。家族三人が揃うのは朝だけであった。出窓から射し込んでくる朝の日差しが真紅の胡蝶蘭を照らしていた。

「お父さん、何処へ行くの」

「リゾート用地の調査」

「真弓も行きたい」

「ダメ、お仕事だから」

「いつ、帰ってくるの」

「出張は三日間だから、金曜日ぐらいかな」

「お土産忘れないでね。私の趣味わかっているでしょ」

「真弓の趣味、知らないな、なんだっけ」

「とぼけないでよ。知っているくせに。きっと買ってくるのよ、約束守らなかったら、絶交よ。ねぇ、いいわね。言っとくけどダサイのダメ。私のセンスにあったものじゃないと」

「ほら、やっぱり晴れてんべ」

「うだな、いい天気だな」

老夫婦の会話で真弓との夢の会話が打ち消された。

確かに、峠にさしかかると、雨は嘘のように晴れ上がった。豪雨に晒されていた車窓が鮮やかな緑のスクリーンに変わり、靄が険しい稜線へと登りつめていった。太陽が微笑み始めていた。

微睡の中の真弓は小学生だった。各地のキーホルダーを集めるが好きだった。まだ、真弓の心に朝の光があった。青空があった。楽しい理屈を言うようになったのもこの頃からだった。宗像と真弓の会話に可南子の微笑みと明るい日差しが振りかかっていた。

車窓は、突然、暗闇の画面に変わった。トンネルを抜けると山々は崖のように切り立っていた。斑なく生えた木々が深い谷底を見下ろし、照り輝く清流に手を伸ばしていた。峠ひとつ挟んで、何という気候の違いだろう。

宗像と可南子は真弓の十三歳と十四歳の間にあった心の峠に気づくことができなかった。平成元年三月十日に真弓は突然姿を消した。私立の中高一貫の女子校に通学していた真弓は期末試験を終えると、クラブの仲間五人で越後湯沢へ春スキーに出かけた。その帰り、東京駅で仲間と別れた後、消息がつかめなくなった。警察に捜索願を出したが事件性や事故の可能性はなく、思春期にはよくある家出として処理された。女子高校生四十日間監禁暴行コンクリート詰め殺人事件のニュースが流れていたこともあって、「真弓も……」という思いが宗像の脳裏から離れなかった。可南子は実家の横浜や親戚、宗像の実家がある福岡にも連絡したが家出の形跡はつかめなかった。やがて可南子は、勤めていた弁護士事務所を辞めた。写真入りの尋ね人のチラシを作り、東京駅や新宿、渋谷、池袋の繁華街などで配った。春休み中は、担任をはじめスキーに行った友人以外もビラ配りを手伝ってくれた。尋ね人の広告も何度か掲載した。手掛かりを得るために担任以外の教師や学校の事務の人たちにも尋ねてみたが、

「あんなに明るい子だったのに、どうしたのかしらね」

返ってくる答えはほぼ同じだった。

その頃、宗像は大手町にあるデベロッパーの用地部に勤務し日々、マンション用地を調達する仕事に追われていた。地価が投機的に売買され、街中が好景気に沸き、業者の接待で毎夜のように銀座や六本木に連れていかれた。帰宅するタクシーがなく、ホテルへ泊まることも屢々《しばしば》だった。

真弓が風俗で働いているのではないかという心配から、接待がひけてからも、街に屯する女の子たちを見て廻る日が続いた。接待のない日も可南子には内緒で渋谷センター街や歌舞伎町界隈を捜し歩いた。帰宅時間は毎日午前一時を過ぎた。アルタ周辺からコマ劇場の前、区役所通りや学生の頃によく飲み歩いた懐かしいゴールデン街などまで足を運んだ。やがて、疲れ始めると、つい見知らぬ店に入って酒をあおった。それでも、マスターやママに真弓の写真入りのチラシを見せ、尋ねることを忘れなかった。見掛けたら連絡してほしい旨を伝え、何枚もの名刺が消えていった。始発電車を待って家路についた日もあった。初めのうちは午前四、五時頃でも真弓と同じくらいの女の子がうろうろしているのに吃驚《びっくり》した。つい、立ち止まって真弓がいないかと食い入るように見つめた。朝帰りが毎日のように続き、帰宅せずにそのまま出社したこともあった。それがいけなかったのかも知れない。可南子は宗像の行動に不信を持ち始めていた。素直に話せばよかったものを仕事だと偽った。

「オニーサン、マッサージどう、マッサージ」

という呼び込み屋、

「オジサンひとり、ワタシ、つきあってもいいョ」

とか言う真弓くらいの女の子、

「遊びシナイ、遊びョ、ニマンエン」

と言って追いかけてくるアジア系の娼婦も真弓と変わらないような年齢に見えた。そして、ファッションヘルスやキャバクラ、テレクラなどの風俗の店、この中に真弓が混じっているかも知れないとは、とても言い出せなかったのである。そのうち、仕事の最中でも、つい真弓がこの辺にいるのではないかと思い、知らぬ間に上司の神村や部下の勝山から離れて別行動をとっていることもあった。当然、顰蹙《ひんしゅく》を買った。仕事の評価は下がった。ただ、勝山には事情を話していたせいか、宗像の行動に同情的だった。

真弓が消えるとともに、宗像家から朝の食卓が消えた。それまで可南子は朝五時に起床、真弓の弁当と朝食を整え、六時半には家族で食卓を囲んだ。七時には真弓を学校に送り、八時には宗像を見送った。そして、九時に家を出て六時半には帰宅するというのが日課であった。真弓が中高一貫教育の女子校入学以来、ずっと続いた朝の光景は、少なくとも大学入学まで続くはずであった。

「公立の中学は校内暴力が凄いらしいの。窓ガラスは嵌めてもすぐ割られるし、廊下をバイクで走っている子までいるらしいの」

可南子がクリーニング屋で聞いてきた噂から、真弓は私立中学受験のために塾に通った。その時に敷かれたレールに真弓は、入学後疑問を抱いたのかも知れない。毎日、夜の九時過ぎに塾から帰宅。日曜毎に繰り返されるテスト。バス何台も連ねて行った合宿特訓。真弓はそれを三年間続けた。真弓はタータンチェックのスカートの制服に憧れて第一志望校を決めていたが、可南子は別の学校を第一志望に推していた。宗像は真弓の教育に殆ど無関心で、可南子と真弓が走る電車を眺めているにすぎなかった。そのレールの延長線にあった平穏な日々。朝の食卓もひとつの停車駅だったのだろうか。今、その姿はない。それでも、宗像が朝帰りをするようになるまで朝五時の起床を守っていた。

「私が脚を棒にしてまで真弓を探しているのに、あなたは仕事、仕事と言って飲んでばかり……」

真弓が家に帰らなくなって、三カ月が過ぎた頃から可南子は変わり始めた。それは真弓の失踪のせいばかりでなく、期待してきた真弓への思いを打ち砕かれた無念さ、探し廻っても手掛かりが得られない苛立ちが複雑に交差してのことと思われるが、やはり、最大の要因は宗像のあの日の失態にあったのだろう。

あの日、宗像はいつものように真弓を探していた。夜の十二時を廻った頃、急に夕立のような雨が降り始めた。雨宿りのつもりで、ゴールデン街から少し離れた「よし乃」というスナックへ入った。

「この雨じゃ、帰れないわね。いままでお仕事」

カウンターに腰を下ろした宗像にママは同情して、ビールを出してくれた。

「小降りになったら退散しますから」

という宗像に、

「気にしなくていいのよ、そこに泊まり客もいるし」

と言ってソファの方に顎を向けた。ママ一人だけかと思って振り返えると、頭髪の薄いサラリーマン風の酔客がネクタイを緩めて気持ちよさそうに寝ていた。少し気が楽になった宗像はチーズを摘みながら、真弓の写真を見せて事情を話した。

「それはお気の毒ね。一人っ子なの。そう、でも考えようによっては自立心が旺盛ということじゃないかしら、今の子って、自分で考えることしないでしょ。先が見えちゃっているから」

四十代前半と思われるママは、一人で喋り続けた。

「私たちの思春期と違って、ホルモンより頭が先に行っちゃっているから、心から人を好きになれないのよ。知識偏重の子は昔からいたけど、偏差値で未来が決まると錯覚させられているでしょ。可哀相よ。それに比べたら家出するくらいの子の方がきっと希望があると思うわよ。少なくとも疑問を持って生きているわけだから、自分や世の中に……」

宗像は慰めとも励ましともつかぬ言葉に頷きながら、水割りに代えてくれと頼んだ。

「珍しいわね、最近水割り呑む人少ないのよ。焼酎ばっかりで……でもあなたは幸せね、私なんか芝居に惚れて、気がついてみればこの有り様よ。男にも子供にも恵まれなかったし……あなたなんかまだ子供がいただけよしとしなきゃ」

とりとめのない昔話をしているうちに、宗像は酔いが廻り始めた。その時、

「おっ、同級生」

明らかに常連客と思われる酔客が入ってきた。

「カズちゃん遅いじゃない、どこで浮気してきたの」

「六本木、六本木のカラオケ、もう電車ないし、泊めて、ママ」

「バカ言うんじゃないよ、うちはカプセルホテルじゃないの」

「頼むよ、ママの味噌汁飲みたいよ、明日の朝」

どうやら、ママはここの二階に住んでいるらしい。

「これが昔の闘士の姿だからね、困ったもんだよ」

といいながら、本気で怒っている風でもなく呆れているようでもない。

「そういえば、カズちゃんも息子に家出されたのよね」

「違う、あれは追い出した」

「なに強がり言っているのよ、子供に親が勘当されたって泣いたじゃない、もう忘れたの」

「忘れた」

ママの話によるとこの男の息子は、大学入試直前に「親父みたいにはなりたくない」と書き残して行方をくらましたという。そして、次男は中学を卒業すると鮨職人になりたいと言いだして、勝手に函館へ出向いてしまったらしい。

「あんたも娘に家出されたの」

「えぇ、まあ、家出かどうかもわからない」

「それはいいや、子供なんかいない方がいいぞ、自由でいいよ、自由で、ついでに、女房も追い出しちまえ、スッキリするぞ」

「奥さんに追い出されたのはカズちゃんじゃない。この人、帰る家がないのよ」

「いつもどうしているのですか」

宗像は冗談とも思えずに尋ねると、

「雨の日は、ママのところ、天気のいい日は公園の段ボールハウス」

「嘘ばっかり、会社に宿泊施設があってね。そこに泊まるのよ」

「ママは、まだ信用していない、あなたにだけは本当のこと教えよう」

と宗像の方を振り向いて、

「子供が出ていってくれたおかげでねぇ、オレは憧れだったホームレスになれたのよ」

見た感じはスーツにネクタイの典型的なサラリーマンのスタイルである。とてもホームレスには見えないが、目に迫力があった。

「晴れの日の夜は服装を変えて、新宿界隈を探検して歩く」

宗像は思わず真弓の写真を取り出し男に見せた。

「この子を見たことありませんか」

男は暫く眺めたあと、

「コマの近くで見かけたよ」

「いつですか」

急に酔いが覚めた。

「二週間前くらいかな、店から出てきたのを見たよ」

「店の名前は」

「忘れたな、行けばわかるよ」

「一緒に」

と言いかけた宗像の言葉をママが遮って、

「ほんとなの、カズちゃん冗談はダメよ」

「嘘でもいいじゃない、今から行こう」

と促されて宗像はあわてて精算を頼んだ。男はすでに立ち上がり、

「ママ、カギ閉めないでくれよ。すぐに戻ってくるから」

と言い残してドアを開けた。宗像は足早に後を追い掛けたが、よほど酔っていたのだろう。足がよろめくのが分かった。外はまだ小雨が降っていた。コマ劇場の近くのビルに入ったことは覚えている。ソファに座らされると同時に何人ものホステスに囲まれた記憶もある。

「真弓は」

と男に尋ねたのだが、

「乾杯しましょう」

という女の声に遮られた。

「さあ、一気に呑んでよ、この店のルールだから」

とか言われたような気もする。それから何時間たったのだろう。請求されたお金を払うことができずにカードを渡したのもぼんやりと記憶にある。

気がついた時は「よし乃」のソファに横たわっていた。もう翌日の昼をまわっていた。男もママもいなかった。テーブルの上に生卵と海苔、鯵のひもの、炊飯器と味噌汁の鍋が置いてあった。

その日、午前十時に客と土地取引の約束があった。当然、会社から自宅へ電話が入った。可南子は八方手を尽くしたらしいが所在を確かめられるはずもない。この事で、宗像は会社に億単位の損害を与えてしまった。当然解雇された。その時の事情を可南子に説明したが、カードで八十万円キャッシングされていたことが判明してからは、宗像への不信感を募らせ、寝室を別にするようになり口もきかなくなった。もちろん、朝五時の起床もなくなった。それどころか飲めないはずの酒を飲むようになった。宗像は大学の先輩で、この業界に精通していた福田の紹介で社員数八十人ほどの不動産会社にリゾート開発の職を得たが、可南子との亀裂は埋まらなかった。それればかりか仕事への意欲も失っていった。

車窓越しに渓流を眺めていた宗像の目に、突然、ピンク色の岩が飛び込んできた。咄嗟に後ろを振り向いたが、またたく間に列車のスピードにかき消されてしまった。スイッチバック方式の鈍行列車なら、それを確認できたかも知れない。宗像はそう思いながら、再び闇の中へ吸い込まれていった。脳裏に刻み込まれたピンク色の岩がなかなか消えず、微睡みも失せた。渓流釣りを楽しむ人の姿だったのか、それとも河川工事のシートだったのか、それにしても、あの切り立った谷へどうやって降りていくのだろう。渓谷沿いを歩いて辿りつくのも至難に思えた。真弓のことはなるべく考えないようにして、宗像は奥羽本線のつばさ三号に身を任せていた。

乗換えのために降り立ったホームで宗像の目に「おとぎ電車の旅」という看板が飛び込んできた。たった一輛の電車を見て驚いた。まるで遊園地の花電車ではないか。兎や鶴や椋鳥《むくどり》の絵が車両を彩っていた。「なるほど、それでおとぎ電車か」一人合点した宗像は、同時に真弓と遊んだディズニーランドの夜を思い出した。そして不意に、あのピンク色の岩はピンク色のブルゾンを着た真弓が横たわっている姿ではなかったのか、という不安が擡《もた》げてきた。「奥羽本線にはジグザグに山を越えていく列車があるのよ」と教えてくれたのは真弓だった。学童保育の主催で真弓はみちのくの旅に出て、そのことを学んだらしい。

「真弓であるはずはない」不吉な予感を強く打ち消して、座席に腰をおろした。十人程の客を乗せたおとぎ電車は田園地帯をゆっくりと走っていった。辛夷《こぶし》の花や八重桜の花が車窓越しに見えた。おとぎ電車が、北国の遅い春をゆっくりと走る。遠景として眺めたらなんと長閑《のどか》だろう。昼の時間帯のせいか停車駅では一人二人の乗降客がいるだけだった。畦道を走って来る乗客を、わざわざ待って出発した駅もあった。東北新幹線で上野から福島へ、福島から特急列車で、そして「おとぎ電車」へ乗り換えた。時が徐々に、徐々にゆるやかな針を刻み始めて、宗像はやがて時間が停止してしまうのではないかとさえ思った。乗客の交わす会話もまるでわからない。先程の老夫婦の会話のような音の洪水、異国を旅しているような錯覚に陥った。夕鶴の里ORIHATAという駅名が目に入ったときには、それが「織機」という漢字であることも思いつかなかった。鶴の恩返しも思いつかなかった。それから暫くして、おとぎ電車は田圃の中にぽつんとある真新しい小さな駅に着いた。SIROUSAGIという駅である。白兎とは妙な名前だ。宗像は車窓から身を乗り出してみた。乗降客は一人もいない。駅員の姿も見えない。たぶん無人駅なのだろう。運転士がわざわざホームへ降りて客を確認している。小さな待合室はバスの停留所のようだ。色とりどりのチューリップの鉢植えがホームの隅に並べられていた。前方の大きな看板に兎の絵が描かれていた。因幡の白兎の神話を思い出した。もしかして、この沿線はおとぎ話をモチーフに造られたのかも知れない。各駅で乗客は一人、また一人と降りていった。そして、おとぎ電車はいよいよ最上川の赤い鉄橋をわたり、大きくカーブして「ARATO」駅へ滑り込んだ。ここで宗像以外の乗客はすべて降りてしまった。さらに、電車は終着駅の「おとぎ村」までの山また山を宗像だけを乗せて苦しそうに登っていったかと思うと、突然、宙に浮いたように急激な速度で走り始めた。緑の風景は消え青空に一面の黄色の花畑が見えた。突然、二十メートルはあるのではないかと思われる眼下に真っ青な渓流が見え、左右が絶壁の山間を飛ぶように走った。先ほどまでのゆったりしたスピードとは違って、まるで、特急電車に乗っているような錯覚に襲われ、急に不安になった。やがて古びた木造平屋建ての駅舎に迎えられ、喘ぐような音を発てて止まった。真弓と乗ったジェットコースターの終点のような気分だった。宗像は待合室の大きな達磨ストーブの煙突が天井を這っているのを仰ぎ見たあと、切符売り場の小窓から「邂逅荘はどう行けばいいんですか」と尋ねた。すると、少し前屈みの白髪の老人がわざわざ改札口を抜け出てきた。

「お客さんどっからきた」

「東京です」

「それは、それはご苦労様、邂逅荘までは二里あっけど、坂道だから歩いたら二時間はかかるなぁ」

「二時間ですか」

宗像は絶句した。

「宿泊の手配や費用もすべて済ましてあります。民宿までは駅から歩ける距離です」

経理兼庶務のような仕事をしている寺内倫子に言われて切符を渡された。「出張する社員が仕事に専念できるように、宿や切符の手配など煩わしいことは私が引き受ける」というのが表向きの理由だが、社員が出張費を浮かすために安いチケットを入手したり、ホテルの領収書を誤魔化したりすることを防ぐためだ、という噂を宗像は聞いていた。

「バスは出ていますか」

「途中まであるごとあっけんど、山まではいがねし、朝と夕方の二本だげだぁ、山道は車でないと歩いて登っのは大変だなぁ」

宗像は駅前に所在なげに止まっている車に桜の花びらが振りかかるのを見て、「レンタカーはありませんか」と訊ねた。

「そんなもの、ねぇなぁ、迎えに来てもらえ、電話してやっから」

というと、老人は改札口から再び中へ入って受話器を握っていた。まもなく、切符売り場から首を出して、

「今、迎えにくっから、中へ入って休んでろ」

と手招きした。

「すみません。迎えって誰が来てくれるのですか」

「孫の飛鳥《あすか》だ」

「孫って」

「邂逅荘の、芦田部隊長の孫だ」

老人はお茶を煎れながら続けた。芦田部隊長はおとぎ村が生んだ戦争時代の英雄であったこと、娘婿が山菜採りに出かけ瀧から誤って転落死し、娘が半狂乱となり民宿を閉じたこと、そして東京にいた孫の飛鳥を呼び戻して民宿を再開したなどと、宗像はとりとめのない話を聞くともなく聞いていた。けたたましいブレーキ音が駅舎の窓ガラスに響いてきたのは二十分ほど経ってからであろうか。

「おっ、来たな」

腰を折り曲げたまま立ち上がった老人は、窓越しに手をあげて合図をおくった。宗像もつられるようにガラス越しに眺めると四輪駆動の車のドアを開けながら左手を掲げた女の姿が目に入ってきた。ショートカットに丸顔の姿、宗像は思わず声を出した。

「真弓」

駅舎に近づいてくる真弓の姿が徐々に大きくなり、黒革のジャンパーとジーンズ姿が三十歳くらいの真弓のように思えた。駅舎を抜け出し待合室の引戸を開けると真弓は飛鳥に変わった。真弓を一回り大きくした感じの飛鳥は、

「宗像さんですね。邂逅荘です。本日はありがとうございます」

と深々とお辞儀した。宗像も「お世話になります」と喉の奥から搾り出すような声を出した。

老人が、

「飛鳥、じっちゃま、達者がぁ」

と尋ねると、飛鳥は老人に向かって、

「土曜日の戦争ごっこ楽しみにしているみたいよ」

と言うと、宗像の荷物を手に取りジープに運んだ。宗像は老人に礼を言い、飛鳥に従った。助手席を進められ、

「お客さん、山道ですからシートベルトをしっかり締めてくださいね。結構カーブがきついですから」

言い諭すような、その口調までが真弓と酷似している。そして、飛鳥は大きな声で老人に、

「土曜日、迎えにくるからね」

と言いエンジンを噴かした。猛スピードで駆け出すジープに老人は笑顔で手を振っていた。アスファルト舗装の道はほどなく消え、一気に砂利の山道へと車は向かった。確かにカーブが多い。身体は強張り、谷川の道路に出るたびに手にべっとり汗が滲んできた。飛鳥は慣れた手つきでハンドルを左右に切りながら凸凹道を進んでゆく。

「お客さん、休暇でいらっしゃったのですか」

飛鳥は谷底を気にする風でもなく、言葉をかけてくる。宗像は転落しないかと気が気ではない。固唾《かたず》を飲みながら、曖昧に「えぇ」とか「まぁ」を繰り返すばかり。恐れ戦《おのの》いている宗像の心を見透かしたように、

「もうすぐ、猿と一緒に温泉に入れますからご辛抱下さい。今日はお客さん一人ですからのんびりできますよ」

宗像は思わず、

「猿」

と言い返すのが精一杯だった。間もなく山あいの開けた場所に車は到着した。軽トラックが一台駐車してあった。ほっとしたのも束の間、

「ここから、ちょっと歩いてすぐですから、ほらあの建物です」

顔を山頂に向けて何げなく言う飛鳥は、宗像の荷物を車から下ろすと難なく持ったまま、そそくさと歩き始めた。宗像は冷汗びっしょりのスーツ姿で後を追いながら、山の頂きを目で追う。山腹に山小屋風の建物が確かに見える。自然石で造られた階段を登りながら、水が落下するような音がだんだん大きくなってきた。木造二階建ての古びた佇まいの向こうに、緑を切り裂くように白い一筋の瀧が見えた。心持ち涼風が感じられた。庭には十メートルはあるかと思われる十一本の木が並んでいた。先の尖った楕円形の葉が向かい合って生え、縁には細かい鋸歯のようなギザギザがあった。そして、緑がかった小さな四弁の白い花をつけていた。（この樹はなんの木なのだろう）宗像はそう思いながら、辛うじて邂逅荘と読める剝げた木の看板を仰ぎ見たあと、三間はある広い土間の玄関に招き寄せられた。正面の大きな額からセピア色の写真が目に飛び込んできた。軍服姿で正面の椅子に座っている人物が、昨年崩御した若き日の昭和天皇だと気づくまで少し時間がかかった。三十畳ほどの板の間の中央に大きな囲炉裏があり、八枚の座布団がそれを囲むように置いてあったが、火の気は感じられない。飛鳥は荷物を持ったまま、

「お客さん、お部屋へご案内します」

と言うと、自在鈎の掛かっている囲炉裏のそばを通って、重そうな襖を開けた。十二畳はあると思われる部屋の続き間に八畳の部屋があり、中央に漆塗りの卓袱台が置いてあった。飛鳥は荷物を置くとお茶の用意をした。宗像は水が欲しかったが、スーツを脱ぐのが精一杯で座り込んだ。糸柾《いとまさ》の檜の柱や、欄間《らんま》の彫刻、模様画のある大きな杉戸、黒柿の床框《ゆかがまち》、天照大神の掛け軸、窓際

には場違いのロッキングチェアが置いてあった。

「ここは、自然だけが取り柄ですから、東京はどちらから」

宿帳を差しだしながら飛鳥は言った。宗像は筆を手に「吉祥寺」と応えた。

「そうですか、学生の頃、よく遊びにいきました。お食事はお部屋がいいですか、それとも囲炉裏の方で……、囲炉裏ですと私たちと一緒ですがいいですか」

記帳しながら、

「囲炉裏の方で、一人は寂しいですから」

と応えた。

ふと見ると床の間の端に蠟燭立てが置いてあった。電気がないことに気がついたのは飛鳥が露天風呂の場所を説明し、部屋から出ていったあとのことである。宗像が部屋の窓を開けると瀧の音が聞こえてきた。そして眼下に広がる風景に絶句した。山あいの一軒宿とは聞いていたが、見えるものは山また山、新緑の海だ。ところどころに緑白色をした花らしきものが見えるが道路も樹木に遮られて判別できない。ふと、電話はあるのだろうか、という不安に駆られた。宿に着いたら用地の説明をしてくれる村会議員の沢村という人に電話を入れるよう指示されていたからだ。宗像は座る暇もなく、室内に電話はないかと探した。ない、どこにもない。部屋を出て、飛鳥を探した。声を出してみたが返事がない。調理場と思われる奥まで足を延ばしてみたが、いない。水槽に流れ落ちる水の音だけが薄暗闇の台所で響いている。喉の渇きを覚え、近づいてみると、山から引いていると思われる竹筒を伝って清水が流れ落ちていた。宗像は神社の境内にあるお清めの手洗いを想い起こした。杓で喉を潤す。うまい。なんとおいしい水だろう。

一息つくと、駅員が電話で飛鳥を呼び出してくれたことを思い出し、電話はあると確信した。しかし廊下や勝手を見て廻ったが、やはりそれらしきものはない。

「玄関の土間の横から階段を下りると露店風呂があります。いつでも入浴できますから、汗を流してきて下さい」という飛鳥の言葉を思い出し、そっちに向かう。階段を下りると脱衣場があり、そこを抜けると岩で塞ぎ止められたような露店風呂がかすかな湯気を湛えていた。そこにも飛鳥はいなかった。部屋に戻ろうと階段を登り玄関の横に出ると、釣竿を左手に、右手に笹に魚をぶらさげた恰幅のいい老人が入ってきた。

「お世話になります」

と頭を下げると、

「よぐ、来たな、こんな山奥さ、晩げは、これごちそうすっから待ってろな」

言葉が呑み込めずにいると、老人は矍鑠《かくしゃく》とした姿で台所の方へ歩いていった。この老人が芦田部隊長なのだろうか。

「あの、電話を貸していただきたいのですが」

尋ねても老人は振り向きもしない。あとを追いかけ、

「電話を」

と言っても台所の水貯めの方へゆく。耳が遠いに違いない。宗像は近づき、

「電話はありませんか」

大きな声を張り上げる。老人はようやく振り向いたものの、

「電話か、飛鳥に聞いてけろ」

と言うばかりで魚を洗い始める。

宗像は仕方なく大きな神棚の前を通って部屋に戻り、浴衣を持って露天風呂に向かった。大変なところに来てしまった。こんな融通の利かない宿で仕事が出来るのだろうか。宿の手配は倫子に任されていたが、中途採用者の多い会社で新卒から一筋の倫子は、役員や年配者には信任が厚い。三十過ぎのふっくらとした体型の独身女だが、その口調は鋭く「こんなタクシー代、認められるわけないでしょ」などと、厳しくチェックしていた。確かに、出金伝票を管理する倫子には社員が出張費を浮かしたり、領収書を誤魔化したりするのを監視する役目がある、と心得ている節があった。それが、若手社員から「世間知らずの堅物女」とか「底意地の悪い冷たい女」とか陰口を叩かれる原因だった。そんな倫子の顔を思い浮かべながら温泉に浸った。澄み切った青空に新緑の香しさ、瀧から流れ落ちる谷川のせせらぎ、岩のところどころにランプ台もある。まだ、夕暮れにはほど遠いが、満天の星空の下、ランプの灯で浸かる夜の露店風呂もいいだろう。吝嗇《けち》な倫子のおかげで鄙びた隠れ里の湯に浸れたと思い直していたのである。

新潟の波打ち際の露店風呂に、真弓と浸かったのは何年前のことだろう。冬の海に真っ赤な夕

日が沈んでいく光景に真弓は歓声をあげた。岩には雪も積もっていた。日本海の冬で、「こんな日は滅多にないですよ。お嬢ちゃんがお利口さんだから、きっと晴れたのね」仲居さんの言葉に嬉しそうにはしゃいだ真弓は、まだ小学生になる前だった。妻と三人で家族旅行する姿は、誰の目にも幸福と映っただろう。

可南子が妊娠したことを知ったとき、宗像は先輩の福田に相談し、「とにかく大学は卒業しろ」と諭されあっさりカメラマンへの夢を捨てた。アルバイトを重ねながら都市環境学科に編入し三年留年して、何とか卒業にこぎつけた。この間の十一月十一日に真弓は誕生したのである。真弓がお腹にいることを知る前まで、宗像は可南子に養われているという後ろめたさがあった。可南子に対してへたっている自分を見せたくないばかりにかなり気負うところもあった。結婚に踏み切ることもできなかった。その意思の薄弱さ、意気地のなさが二人を煮え切らない関係にしていったのである。真弓の誕生でやや払拭されたが、思えばあの頃から心のすれ違いがあったのかも知れない。

可南子は旅行の時、飲めないビールをコップ一杯だけ飲んだ。そんな可南子がアルコール依存症になり、見兼ねた両親と兄が、宗像を罵倒し、無理矢理、離婚届に判を押させたのは真弓が失踪して十カ月過ぎた頃である。二人の稼ぎで購入した武蔵野の一戸建てのマイホームは慰謝料として取り上げられ、宗像にはローンだけが残った。可南子は久里浜の病院に強制的に入院させられ、その後どうしたかわからない。宗像は六畳一間のアパート暮らしを余儀なくされたのだが、内心ほっとしていた。電気も点けずに暗闇のキッチンで目だけを異様に光らせ、三本足のテーブルに座っている可南子。コップ酒を片手に虚ろな目を空に向けている可南子。機嫌の悪い日は「白状しろ、どこの女と寝た。真弓をどこへやった」「真弓を殺してどこに埋めた」とまで言いだす。酷いときは皿を投げつけたり、家具を蹴ったりもした。宗像が故意に酒を隠して出勤しても、どうやって探すのか、帰宅すれば必ずテーブルの上にある。酒をすべて処分しても、いつの間にか酒屋に届けさせている。朝は宗像より早く起きて、自動販売機で買ってくることもあった。

「私が酒を飲むのは、あなたに対する復讐だからね。あなたがどこの女と寝たのか、真弓をどこへやったかを白状しない限り、私は酒を飲み続けてやる」

機嫌のいい日もある。

「今日はあなたの好きなおいしい鮪の刺し身があるのよ。魚屋のおじさんにすすめられたの。一緒に乾杯しようね」

「クリーニング屋のおばさんがね、あなたのこと、いいご主人ね。いつも決まった時間に帰ってきて幸せね。だって」

宗像が定時に帰るようになったのは、可南子のこともあるが、仕事が以前ほど忙しくなかったからだ。それに、あれ以来、真弓を捜すことの虚しさを味わっていたからでもあった。しかし、不機嫌、ご機嫌のサイクルは確実に不機嫌が多くなり、そんな日々がいつまで続くのかと思うと、辟易せざるを得なかった。学生結婚をした宗像と可南子の生活は、こうして終わったのである。

「お客さん、東京へ電話しますか」

岩に腰下ろして物思いに耽っていた宗像の背中で声がした。振り返ると、湯煙の向こうに絣の着物姿がぼんやりと見えた。飛鳥が脱衣場のところに立っていた。裸の宗像になんのためらいもなく声をかけてくる神経に違和感を覚えながら周章《あわ》ててタオルで下腹部を隠した。宗像の方が狼狽したのである。そういえば真弓も風呂場をのぞいて、「お父さんタオルここにおくよ」と平気だった。自分がのぞかれると悲鳴をあげるのに。

「いや、近くに」

「それじゃ、電話を部屋へ置いておきますから、使って下さい」

「ありがとう」

と応えたとき、一匹の子猿が露天風呂の縁を歩いているのが見え、どきりとした。

「チーちゃんというおとなしい猿ですから、心配いりませんよ。遊んでやって下さい」

湯気の向こうの飛鳥の声と同時に猿が湯に飛び込んできた。

チーちゃんは岩の上に置いてある板を取って、嬉しそうに泳ぎ始めた。宗像は恐る恐る「チーちゃん」と声をかけて拍手をしてみた。すると振り向いて泳いでくる。警戒する様子がまったくない。宗像も湯船に浸かって見る。すると、今度は宗像が腰を下ろしていた岩に上がり、宗像がとっていたポーズと同じ恰好をするではないか。チーちゃんが使っていた板を取って泳いでみる。

すると拍手の真似をする。利口な猿だ。こんな光景を真弓が見たらどんなに喜んだだろう。宗像はチーちゃんと交代にこの動作を続け、つい電話するのを忘れていた。山の夕暮れは早い。陽が落ち始めると新緑の樹木は蒼海に変わり、徐々に色を落していく。それでも湯を出たのは午後四時過ぎだった。急いで浴衣をまとい脱衣場を出ようとすると、チーちゃんはいつの間にかうしろをついて来ていて、浴衣の裾を押さえて引き留めようとする。「キー、キー」という鳴声が寂しそうに聞こえ、一瞬出るのをためらった。「また、あとで遊ぼう」子供の頃の真弓に話しかけるように言ってみたが手を緩めようとしない。宗像はしかたなくもう一度浴衣を脱いで、洗い場へ出るとチーちゃんは思い切って湯船に飛び込んだ。その一瞬をついて脱衣場に駆け込み、急いで着替えて階段を駆け登った。後ろめたい気もあったが、怖さも手伝って逃げるよりほかなかったのである。

部屋に戻ると卓袱台の上に電話の子機が置いてあった。宗像は村会議員の沢村という人の番号を押した。

「宗像さん。心配していました。御社から午後には着くって連絡あったんで、今駅ですか」

甲高い声が耳に響いてきた。

「いや、宿です」

「宿って、どっちの」

「邂逅荘です」

「邂逅荘、そこはまずい、まずいすっよ、すぐ出でください。私迎えにいきますから」

「どうかしました」

「とにかく、そこはまずいっす、事情はあとで話すっから」

ひどく周章てた様子が伝わってくる。言葉も地元なまりに変わった。宗像にはなんのことか皆目検討がつかない。

「おっしゃることがよくわかりませんが……」

「いやぁ、なんというか、宗像さん、邂逅荘のじっちゃまか娘っ子に、何しにきたが、話してしまったが」

一瞬、理解できずにいると、

「仕事のこと、誰かに話したが」と付け加えた。

「いや、何も」

「あぁ、いがった。ほっとした。傍《そば》さ誰もいねが」

「えぇ」

「じゃ言うげど、そごのじっちゃまと娘の飛鳥が、開発さ大反対でよ、山、絶対売らないってがんばってえんのよ。他の地主はみんな売るごとに承諾もらってえんなだげんども、そごだけ頑固でよ。だがら、東京から土地を見に来たっていうのはぐわいわりんだ」

言葉を理解するのに手間取ったが、要は用地買収の話が済んでいないということらしい。

「じゃ、この地域は了解を得てないということですか」

「んだなよ。おたくの社長さんにも事情は話しであんなだげんどもよ。役場の方も芦田のじっちゃまを説得しているんだげど、言うごと聞かねんだ。昔の仲間まで集めてよ、役場と戦争するんだといきまいていんのよ。裏に誰かいるみたいで。環境がどうのこうの、山毛欅《ぶな》の樹を切ったらどうのこうのといろいろ指図しているみたいなんだ」

「それじゃ、約束が違うじゃないですか」

「うだがらよ、そごでは話しでぎねぇのよ」

「地主さんの了解を得てない土地を見てもプランはできませんよ」

「役場の方も、土地を収用するか、という話も出てんのよ。そしたらあのじっちゃま戦争だといきりまいて……」

「とにかく、今日はここに泊りますから、明日、土地を見ながら話しましょう」

「じゃ、山を見にきたごとは、くれぐれも内緒というごどで、明日、朝早く迎えにいぐがら」

電話を切ってから、会社にどう連絡すべきか悩んだ。――村と地主との話はついている。現地の測量図面も検討済みで、あとはリゾート開発にふさわしい地形であるか、別荘地がいいのか、ゴルフ場に向いているかなどを実際に歩いて見て土地の値踏みを考えてくれ。総量規制も決まって不動産業はこれから厳しくなるから慎重にやってくれというのが上司の指示であった。また、会社へ電話するにしても、反対しているのが、よりによってここの邂逅荘の人間だとは、あまりにも気まずい。敵地と知らずに乗り込んだスパイのようなものだ。駅前で飛鳥が初老の駅員に「土曜日の戦争ごっこ楽しみにしているみたいよ」と応えたことが頭を過《よぎ》った。この村はリゾート開発で賛否が二分しているのかも知れない。土曜日にはなんらかの話し合いがあるのだろうか。それまで滞在するわけにもいかない。宗像は途方に暮れながら、窓辺の椅子に腰を下ろし、夕暮れの山々を見るともなく見て、明日、沢村村議と会うまで、会社への連絡は待とうと思った。

「失礼します」

という飛鳥の声とともに襖が開いた。

「お腹すいたでしょう。今、お食事の用意をしていますから」と言って「お客さん、おとぎ村にお知り合いの方でも」と尋ねてきた。宗像は一瞬どきりとした。

「いや、いません」

とあわてて言い、電話を差し出すと、

「電話はいいですよ。自由に使って下さい。お部屋は電気とランプはどちらがいいですか」

「どちらでも使えるんですか」

「本を読むようでしたら、電気を引いてきます」

「いや、ランプのほうが」

「そうですか。じゃ、今、持って参りますから」

と言って、暫くすると青い灯を放つランプを持ってきて部屋の中ほどに吊るした。仄明るい光の中に飛鳥の顔が映し出された。誕生日に蠟燭の炎を消した真弓の顔と重なった。

「ここに、懐中電灯を置いときます。夜中に必要でしたらお使いください。それから、じっちゃまが風呂から上がってきましたら、お食事にしますので、もう暫くお待ち下さい」

薄明かりの中で飛鳥はそう云った。

それから、三十分程過ぎただろうか。「お客さん、お食事ですよ」という声が届いた。

囲炉裏には火が入り、先ほど釣ってきた魚が串に刺され、老人が丁寧に炙っていた。自在鉤には鉄の鍋が掛かっている。裸電球が灯されていた。飛鳥はお膳を整えていたが、宗像以外の客はいないはずなのに四膳用意されていた。

宗像が立ったままでいると、老人が、

「そこさ座れ、ドブロク呑むが」

「いただきます」

ドブロクが濁り酒というのは知っていた。老人は宗像に湯呑み茶碗を持たせると傍らにあった一升瓶を持ち上げ並々と注いだ。

「よく、こんな山さきてぐれたな。いっぱい呑んでけろ」

「いただきます」

囲炉裏の薪は炭火のようになり、真っ赤な炎をたてていた。温泉にたっぷり浸かったせいか、身体の隅々まで濁り酒が染み渡っていった。なんて美味いのだろう。飛鳥が戻ってきて、鍋から煮物を装うと膳を風呂敷に包み、黙って土間の方に消えた。裏木戸を開ける音がした。他に誰かいるのだろうか。老人は焼けた魚を差し出し、

「食え」

とぶっきらぼうに言うと、再び魚に塩を振りかけ、灰に奥深く突き刺した。

「これは、虹鱒ですか」

「岩魚《いわな》だ」

「岩魚ですか、初めていただきます」

「山毛欅の葉っぱが青くなっと、若葉さついた虫が瀬に落ちんのよ、それを食うため岩魚が顔をだすんだ」

老人の言う意味がよく呑み込めなかったが、新緑の季節になると岩魚が釣れるということだろうと勝手に解釈した。

「おじさんが釣ったのですか」

「うだ」

暫くすると飛鳥が戻り、鉄鍋の蓋を開け、お椀に装った。それを宗像の膳に上げ、

「お待たせしました。お召し上がりください。ビールもありますが」

「いや、おじさんのこれの方がおいしいので」

と湯呑み茶碗を上げた。タラの芽やコシアブラの天麩羅、ミズのおひたし、フキノトウの塩漬

け、蕨《わらび》の油いため、ナメコの塩漬けなどの山菜がお膳に並べられていた。鉄鍋の中身は里芋や大根、人参などの野菜と肉であったが、何の肉かわからなかった。

「雉子《きじ》の肉だ」

老人が応える。

「これも山で」

「雪が降っと、山鳥や兎を獲って、冷凍しておくなだ」

飛鳥は自家製の葡萄酒と思われる液体を自分のグラスに注いだ。

「カモシカのロースもうんまいなぁ」

と老人は言って湯呑みにドブロクを注いだ。

「じっちゃまはマタギなの。雪が降り出すと雉子とか野兎を追いかけ、師走にはカモシカ、熊狩りもするのよ。今年も一頭だけ仕留めたのよね」

「うだ、毎年一頭。熊がいなぐなると困っからな」

「雪のない時は何をしているのですか」

老人に尋ねると、代わりに飛鳥が応えて、

「五月になると山菜採りが始まって、タラの芽、ミズ、フキノトウ、ワラビ、ゼンマイなどを食べる分だけ塩漬けにするの。冬場の保存食なのよ。それから、じっちゃま、棚田で米も作るし、段々畑で野菜も作る。夏はアユや桜鱒も釣るのよねぇ。秋はキノコの季節で、マイタケ、ナラタケ、ムキタケ、ナメコ、マツタケも採るの」
「自給自足ですか」

「いや、食べきれないワラビやゼンマイ、キノコは街へ売りにゆくの、私が、そのお金で必要な物を揃えるの。夏は涼を、秋は紅葉を求めて泊りにくる人が結構多いの、こんな山の中でも」

宗像は山の幸を肴に老人がすすめるドブロクを美味しく味わっていた。真弓に似た飛鳥と話していると、不思議と心が和《やわら》いでくる。目の前に大人になった真弓がいるような錯覚を抱きながら、土地の調査に来たことなどすっかり忘れていた。

「山にはよ、掟あんのよ」じっちゃまが口を開いた。

「山は来年も助けてくれっかわかんないからよ。掟を守んないとダメなんだ。段々畑に野菜作んなわよ、夏から秋に熊に餌やんなだ。山で食うものなぐなっと、熊は里まで下りてって畑を荒らすがらなぁ、熊もカモシカも棲めねぇ森は森とは呼べねぇ」

宗像の怪訝な顔を見取って、飛鳥が、

「季節、季節にしか獲物は獲ってはならないし、山菜も根こそぎ採集してはならない。人が山に道路つくったり、酸性雨で山を汚したりするから食べ物が無くなって熊が畑を荒らしたり、人を襲ったりするし、カモシカが山毛欅の木肌まで食べるようになってしまうと、じっちゃまは言いたいわけです」

「人には、森をつくらんにぇ、人は森を壊すばっかりだ」

リゾート開発の調査に来ていることを、この老人と飛鳥は見透かしているのかも知れない。そんな不安が過ったがそれを覚られまいと、

「自然の生態系を壊すな、ということですね」

と相槌を打ってみた。

「ほんねな、まんず、いちばん大事なことはよ、気の流れを読むことなんだ。どんなものにも気があんのよ。石にも草や木でも、花でも、動物や虫にでも。いろんなものの持つ気に逆わらずに生きることだ。生かしてくれんなわよ、人の力なんかじゃねぇ。人は地球さ乗っているだけ、宇宙の中さある見えない力を知らねぇでな。時は流れているんじゃなくて、流れているのは気だけ、時はすぐになくなるげんど、気はとまんねぇ」

そう云うと、老人は立ち上がって、裏口の方へ向かった。

「じっちゃまの言うことは皆わからないのよ。誰も気の流れなんてわからないでしょ。でもじっちゃまは虫や獣や山鳥や花や樹木を見ればわかるって言うのよ。自然界で生きているすべてが気を呼吸し、気を放っているって言うのよ。岩でも石ころでも同じだって、気はいつも流れているけど、時間は流れずにすぐに消える。時間を落とし、忘れて生きていくのが人だと言うの。わからないでしょ。ドブロクでいいですか。ウィスキーも山葡萄《ぶどう》のワインもありますけど」

飛鳥は飲み物に気を使い、自分のグラスにワインを注いだ。

「いや、このドブロクはなかなか美味しい。おじいさんはおいくつですか」

「八十三かな」

「えっ」

啞然とした。腰も屈めずに矍鑠とした足取り、顔の艶や動作からみてもそんな歳には見えなかったからである。気は流れているが、時は流れていない。よく意味はわからなかったが、どちらも見えないことは確かだ。

「父が亡くなってから、歳をとるのを忘れたみたい。気の流れに逆らわなければ病気もしないし、むしろ死なない病気だって言うのよ。自分のことは自分でやるってきかないし。戦争に行ったつもりでやれば何でもできる、それが、口癖なの」

宗像は飛鳥の歳も聞いてみたかったが、ためらった。

「元気なのはいいことじゃないですか」

「じっちゃまは死なないつもりでしょうが、いずれはお迎えが来るわけだから、それまでは邂逅荘を続けようと思って……」

また、宗像の脳裏で土地調査のことが過った。老人が亡くなれば飛鳥はこの温泉を手放す。飛鳥はそんな宗像の思惑をよそに、

「ここで暮らすのは大変よ。特に冬はね……雪の多い年は里までの道路も遮断されるし、じっちゃまが急病にでもなったらと思うとゾッとするわ」

そんな話を飛鳥から聞いていると、両手に薪を抱えて老人が「さむぐなってきたな」と言いな

がら戻ってきた。そして、老人は囲炉裏に腰を下ろすと薪をくべ始めた。勢いよく炎が上がる。煤けた天井に火の粉が舞い上がった。部屋全体が夜の帳《とばり》に包まれ、闇の中で焚火を囲む狩人のような気分になった。古い柱時計が音を打った。

「もう、七時ね」

独り言のように飛鳥は呟いて、立ち上がるとじっちゃまのお膳を流しに持っていった。そして、板壁に掛けてあった毛皮を持ってきて、囲炉裏端に敷いた。黒光りするふさふさの毛に目をとられていると、飛鳥が、

「ごめんなさいね、じっちゃまはいつもここで寝るのよ。気にしないで召し上がってください」

と言った。

「はあ」

宗像が呆気にとられて頷いていると、飛鳥は薄い夏布団のようなものを隣の部屋から持って来て毛皮の敷布団の傍らに置いた。

「なんの毛皮ですか」

「熊の毛皮だ」

じっちゃまが応えて、

「悪いげんど、ここで横にならしてもらうはァ」

と続けた。

「どうぞ、どうぞ」

「マタギの習性っていうのかしらね、もう何十年も焚火の傍で寝ているのよ」

「そうですか、じゃ、そろそろ部屋へ戻ります」

「俺に気にしないで、ゆっくり呑んでけろ。居てくれた方がぐっすり眠れるから」

じっちゃまはそう言うと、掛け布団はかけずに囲炉裏を背にしてゴロリと横になった。そして、またたくまに寝息に変った。

「不思議でしょ。独りになると、敵が襲ってこないかという意識が働いて眠れないらしいの。狩人の習性か、戦争時の体験か分かりませんけど、いつもこうなの。いくら大きな声を出しても平気で寝ているのよね。ただここに誰もいなくなると、鼾《いびき》は止んじゃうし、寝息も小さくなるの」

「朝は早いですか」

「三時頃には起きているみたい、毎日、朝食はじっちゃまがつくってくれるの、それから山へ出かけるのよ。だから、私は逆に夜更かししてしまうのね」

と言いながら、飛鳥は宗像にドブロクをすすめた。心地よい酔いが全身に染みわたって、一升瓶を持つ飛鳥の姿が再び真弓と重なった。

「お客さん、お子さんはおられますか」

不意打ちを食らったような飛鳥の質問に戸惑いながら、

「一人、娘がいますけど、どこにいるかわからないのです」

と正直に応えている自分が不思議だった。

「わからない」

飛鳥は怪訝そうに宗像を見つめた。宗像はその目に吸い込まれるように、真弓が失踪したことや、真弓を捜し廻って会社を解雇されたこと、妻がアルコール依存症になったこと、離婚したこと、飛鳥を一回り小さくしたような体格であることなどを素直に話した。飛鳥は食い入るように耳を傾け、時折グラスを口に運んだ。

「マユミさんって言うの、どなたの命名」

「妻、あっ、元妻です」

「そうでしょうね、お客さんはマユミの並木に驚きませんでしたものね。……ところで、娘さんが何処にいるか、本当に知りたいですか」

鋭い目つきで毅然とした口調に変わった。宗像は耳を疑った。飛鳥のその言い方は、あたかも真弓の所在を知っているかのように聞こえたからである。

「それは自分の娘ですから」

そう言うと、飛鳥は宗像から目を逸らし、俯いたままじっと炎を見つめ始めた。何かを考え込んでいるような、何かにじっと堪えているような、身体全体が強張っていくようにも見えた。老人の微かな寝息が鼾へと変り、薪の燃える音を消し始めた。宗像は言葉を探せずに、料理を口に運んだり、ドブロクを口に含んだりしながら、飛鳥の言葉を待った。

永い沈黙が続いた。宗像には飛鳥が涙を流しているようにも映り、何か気になることでも話してしまったのかと、自分を疑い始めた。飛鳥と真弓が似ていると言ったことだろうか。それとも、可南子がアルコール依存症になったことを自分の母親と重ねたのだろうか、などと勝手に憶測し、一人で気まずい思いに陥った。暫くして飛鳥は再び呟くように言った。

「たぶん、消息はつかめると思いますけど、いいのかどうか……」

「どういうことですか？」

飛鳥は俯いた姿勢のままで、

「じっちゃまが言う気を辿ればすべてがわかる。娘さんが持って生まれた気を辿れば、その姿が浮かび上がってくる。でも、知ったからといってどうなるものでもない」

飛鳥は急に顔を上げた。目が異様に輝いている。そして、見る見るうちに丸顔が逆三角形となり、目がつり上がってきた。そこに真弓の面影はなかった。その尖った口元から、

「自分の都合だけで事を解決しようとすると、必ず不幸が訪れる」

と言った。宗像が絶句していると、

「今は私を真弓さんと思えばいい、これも……」

怒ったような声だったが、老人の大きな鼾がその次の言葉を遮った。飛鳥の異様な素振りに微かな恐れを感じたが、酔いが廻ってきたせいだろうと勝手に解釈した。酒に酔って急変する女子社員を何度も見てきた。

飛鳥は黙って立ち上がると裏木戸の方に向かった。トイレにでも立ったのだろう。老人の規則ただしい鼾だけが響いた。自らドブロクを注いで口に煽った。飛鳥は暫く戻って来なかった。鼾の合間をぬって裏木戸が開く音がした。飛鳥の足音が暗闇から聞こえて来て、台所へお膳を置く姿がぼんやり見えた。そして、戻ってきて座ると、宗像に告げた。

「明日の朝、娘さんの名前と生年月日と生まれた時間を書いてください。写真と、何か娘さんが身につけていた物があるといいのですが、ありませんよね。誕生日は六月なら二十七日、十月なら二十四日か三十一日、十一月なら十一日か十二日だと思いますけど」

「えっ、なぜわかるの？」

「だって、マユミさんでしょ、奥さんがつけた名前なら誕生花のはずよ」

紙とボールペンを手渡す飛鳥は真弓にそっくりの飛鳥に戻っていた。先ほどの鬼気迫る雰囲気はなんだったのだろうか。トイレに立って酔いが醒めてしまったのだろうか。

「娘さんは湯沢には行っていないようですよ。友だちからいじめられていたというか、いじられるというか、そういう関係にあったみたい、誰にも相談できずに悩んでいたのかな、明日、娘さんの消息を聞いておきますから」

「えっ、誰に？」

「裏にある瀧壷の奥に神が祀られています。この中へ入っていい人は一人しかいません。その方にお願いして娘さんの居所を聞いてみます」

「そんなわかるはずがない」と喉元まで出かかったが、飛鳥の真剣な眼差しに言葉を呑み込んでしまった。

「真弓がいじめられていたって、どうしてわかる、湯沢に行っていないと」

その問いには応えず、

「それから、明日、瀧を眺めるのは結構ですが、瀧壷の奥の洞窟には近づかないでください。掟を破って命を落とした方が何人もいますから……私の父もその一人です」

と、有無を言わせぬ口調で言った。宗像は半信半疑で黙って聞いていた。占い師か、霊媒師でもいるのだろうか。宗像は可南子が方々の占い師を頼って真弓の消息を捜したことを思い出した。当時、宗像は占いや霊の存在、超能力といった類の話は全く信用しない質だったから、可南子の行動を内心笑い飛ばしていた。事実、一つとして信憑性のあるものはなかった。しかし、目の前にいる飛鳥にはそのことを言わせない迫力があった。

「私と似ているって言うから、特別にお願いするのよ」

宗像はその笑顔に真弓を見て思わず、

「宜しくお願いします。いま書きますから、写真はありませんけど」

と頭を下げていた。すると、

「駄目、今日はお休みになって、明日の朝、起きたらすぐに書いてください。書いた紙はそこの神棚に上げておいて下さい」

と蠟燭が灯っている神棚の方向を指さした。

「それと朝食はここに用意しておきますからお一人で召し上がってください。私は夕方まで顔をお見せすることができなくなりますので、何か用事がありましたら今言ってください」

柱時計が九時の音を打ち始めた。

「それで、真弓の消息はいつごろわかるのですか」

と、宗像は仕事を忘れて飛鳥の話に合わせているのが不思議だった。

「それはわかりません。すぐにわかるかも知れませんし、二三日かかるかも知れません。気が混線しているとなかなか辿りつくことができませんし、近くにいるとか遠くにいるとかの問題ではありません。次元を超えなければならないのか、そうでないのか、そこには時間では解決できないものがあるらしいです」

宗像は意味を呑み込めず聞いていた。飛鳥は布団を敷くと言って再び立ち上がった。酔っている素振りなど微塵もなかった。宗像もトイレに立った。ランプの薄明りの中で、放尿しながら、窓の外に真弓の微笑む顔を見ていた。すると、

「お父さん、真弓は飛鳥よ。飛鳥は真弓よ、真弓もおとぎ電車に乗ってやってきたのよ、マユミの花を探しに……」

という声が聞こえてきた。思わず窓の外に身を乗りだした。いくら耳を澄ましてみても、瀧の音と冷気を含んだ山の風が月の光に照らされた新緑を微かに揺らしているだけだった。幻覚も幻

聴も酔いのせいだろうと、自分自身に言い聞かせ、宗像は部屋へ戻った。

「ランプを消してお休みになりますか」

明るいところでは熟睡できない宗像を見透かしたかのように、飛鳥が訊ねた。

「そうして下さい」

「じゃ、明日の朝忘れないでくださいさい。庭のマユミの花は今が満開ですよ、秋にまた来てくださ い。可愛らしい真っ赤な実が顔を出しますよ。真弓さんもきっと真弓の実のように可愛らしいお嬢さんに成長していますよ、どこかで」

と言いながら、飛鳥は灯を点けたままランプを取り外して持ち去った。部屋は一瞬暗闇に包まれたが、目が慣れるにつれて薄闇に変った。庭の木がマユミの花だったのか、宗像は自分の無知を恥じていた。マユミの花はてっきり淡い紅色の花だと思い込んでいたのである。真弓の誕生花の月日も、その花言葉も知らなかった。産まれる前に男でも女でも通用するとして可南子が言い出した名前だった。

微かな月の光がガラス窓越しに射し込んでいた。布団の中で天井を見つめていると、微笑んでいる真弓の顔が浮かんでは消え、飛鳥の顔に変わり、また真弓の顔に変わった。真弓がいじめられていた。あの日、湯沢へは行っていなかった。そのことが頭から離れなかった。

翌朝、宗像が目を覚ましたのは五時前だった。鳥の声、瀧の音、谷川のせせらぎが聞こえた。

宗像は飛鳥の言うとおり真弓の生年月日などを書いたあと、部屋を出て神棚に向かった。昨日は気にも留めなかった仏間だったが、仏壇の傍に、大きな社を奉った神棚があった。内に御神体と思われる仏像と一対のキツネが置いてあった。無宗教のはずの宗像がなぜか手を合わせていた。そして、記入した紙を丁寧に納めた。暫くして、意志とは関係ない自分の行為に戸惑いを覚えた。こんな紙切れで真弓の所在がわかるはずはない。と思っているのに、心の隅で一縷の望みを託しているのかも知れなかった。「真弓と飛鳥は同じよ」という幻聴が脳裏に残っているのは確かだ。瀧壷の奥にある洞窟へ入れるというのは、もしかしたら飛鳥自身のことではあるまいか。そんな疑念を抱きながら囲炉裏に向かった。

囲炉裏の傍らには朝食らしきものが用意してあった。人の気配はなく、窓から射し込む数条の光が板の間に流れていた。清々しい朝であるはずなのに、何か不気味なものを感じた。宗像は気分転換をしようと再び部屋に戻り、窓を大きく開け放った。瀧の音とオゾンの匂いが部屋に広がった。

露天風呂に入ろう。そう思い立った宗像は再び部屋を出て土間から階段を下りた。風呂は湯気と朝靄が立ち込め見通しが全く利かなかった。宗像は一人湯につかり、目を瞑って朝の空気を存分に呼吸していた。その時、湯が跳ねる音が聞こえた。子猿のチーちゃんがいるのかと思って目を凝らすと、湯船からそっと立ち上がる人のうしろ姿が見えた。真白な裸体に、臀部まで届かんとする黒髪がはっきりと見えた。一瞬、飛鳥と思い固唾を呑んだ。ためらいを覚えながら、声をかけることができなかった。その艶めかしい姿に魅せられ、我をも忘れていると、湯気とも朝靄ともつかぬ空気がさらに強く覆い始め、女の姿にぼんやりと透かしがかかった。束の間、女は脱衣場とは反対の谷川の方へすっと動いたように見えた。そして、朝靄の中へ消えていった。むろん、そこに出口はない。飛鳥は短髪で髪が臀部まで垂れるはずもない。しかも、湯槽から出るときには脚を上げなければならないはずなのに、それは見えなかった。宗像は俄かに恐怖を感じ、声を出すこともできず、身体ががたがたと震えてきた。金縛りになったように身体が動かない。湯に浸かったままの状態で、どうすることもできない。腰が抜けたように脚に力が入らないのだ。両手で岩をつかみ身体を支えるのが精一杯だった。恐怖に戦くとはこのことか、意識ははっきりしているのに、身体が動かない。そのとき、太陽が朝靄を突いて射し込んできた。同時に子猿のチーちゃんがその光とともに飛び込んで来た。突然、身体に力が甦った。勇気をしぼって脱衣場に駆け込み、下着と浴衣を持ったまままあわてて階段を上った。チーちゃんの鳴声が背後から追いかけてきたが振り向きもせず、一気に上り、土間に辿りついて、ようやく裸でいることに気がついた。身体を拭きもせず浴衣だけを纏い、部屋へ戻った。敷きっぱなしの布団に横たわり、胸の高鳴る鼓動を抑えるため、深呼吸を何度も繰り返した。

何時間たったのだろう。

「おはよう、誰がいねが、沢村です」

土間の方から聞こえてきた。なぜか心が軽くなって浴衣姿のまま顔を出すと、

「宗像さんですか」

薄毛の男が立っていた。首肯《うなず》くと、

「沢村です。飛鳥はいっか」

「いや、ここには」

と言い淀んでいると、

「宗像さん、すぐ着替えてください。今のうち、早くここから出っぺ。早ぐ、早ぐ」

と急き立てる。宗像は言われるままに、部屋に戻り急いでスーツに着替えて荷物をまとめた。

沢村の意図とは別に、宗像も逸早くここを去りたい気持ちがあった。恐怖心がそうさせたのである。玄関を出ると眼下の開けた場所に飛鳥のジープと乗用車が見えた。振り返るとマユミ並木の緑白色の花が一面に咲き誇っていた。宗像はサクランボのような花と誤解していた自分を再び恥じた。沢村に促され、開けた場所まで駆け下りるようにあとを追い、車の助手席に座った。車は急発進して山を下り始めた。

「あそごのじっちゃまは、朝早ぐがら山にいぐがらいないの知っていたが、飛鳥はどごへいったのがな」

沢村は呟くように独り言ちた。

「ところで、これから、どこへ」

「駅まで送ります。昨日の夜、おたくの社長さんから電話あってよ、宗像さんはすぐ帰すように言われたのです」

「そんな馬鹿な、どうして？」

「え、邂逅荘に電話すっとまずいので、黙っていて悪がったけど、話しが拗《こじ》れてまとまんねぇがったみたいだな、おたくの社長さんを怒らせてしまったみたいだあな、うちの村長が」

宗像はときどき混じる方言に困惑しながら理解しようとした。

「リゾート開発に反対運動が起きているということですか」

「邂逅荘のじっちゃまが土地手ばなさねと、できねがらな」

「でも、山の地権者はみんな承諾していたのでは」

「うだなよ、この話が起こった六年前にじっちゃまの婿も娘も売ってもいいって返事したのよ、だから役場では問題なしと思ってずっと放っといたわけよ。そしていよいよ念書を貰いに行ったら、じっちゃまは、そんな話きいてねぇの一点張りでよ。婿は瀧から落ちて死んでしまったから、死人に口無しで、娘は狂ってしまってどこへ行ったがわかんねぇ、だがら、ややこしくなってしまってよ。飛鳥が東京で知りあった環境問題の専門家とかいう男を連れて来て、反対の人も増えて、増えて、役場も困っていんのよ」

「それならそれで、報告していただかないと」

「まさか、宗像さんが邂逅荘に泊まるとは思っても見なかったで、まず、事情をお話ししてそれからじっちゃまには内緒で山を案内する段取りだったのよ。それがこんなことになってしまって、村長が社長さんに電話で事情を説明したら、怒り出してしまったとかでよ、うまぐいかねぇな」

車は棚田が広がる山道を下りきると、茅葺きの民家が見え始める道路に出た。里山である。宗像は沢村の話を聞きながら、これは引き揚げるしかないと思っていると、沢村は急に車を停めドアを開けて、下ってきた山を指さした。

「ちょっと降りてみっか、この山、見てけろ、ゴルフ場にぴったりだべ」

なだらかな稜線に松林が茂っている。車で上って行ったときは急峻な山の感じであったが、山並みはゆるやかな起伏に富んだ地形であることが一目でわかった。瀧は見えなかったが、飛鳥がいる邂逅荘の位置もおよその見当がついた。

「谷川もあるし、池をつくんのも簡単だ。てっぺんからの眺めもいい」

沢村は未練がましく説明を続けた。

「開発は地主さんの了解を得ないとできませんから、そちらを早く解決してください」

宗像の言葉に沢村は首肯いて再び車を走らせた。

「芦田のじっちゃまを説得したら、すぐ連絡しますから、社長さんにも宜しく伝えてください」

砂利道から舗装道路へ出ると、茅葺きの家は一軒も見当たらなくなった。商店街や鉄筋コンクリートの建物などの家並みが続いた。どこにでもある地方の小都市の風情である。ほどなく、荒《あら》砥《と》駅に着いた。通学時間なのだろう。小さな木造の駅舎は高校生の男女であふれていた。沢村は今ならここから赤湯駅までは一時間くらい、そこから奥羽本線で福島まで、そこから新幹線で東京方面へすぐ接続するという。電車は二両編成であった。宗像は沢村への挨拶もそこそこに、急き立てられるように乗り込んだ。空いている四人掛けの席に座って、何気なく車窓から外を見ると駅舎を離れた沢村がホーム外の柵越しに立って見送ってくれていた。互いに頭を下げると同時に電車は動いた。女子高生二人がよろけるような足取りで向かいの席に座った。真弓と同年代と思えた。飛鳥のことを思い出した。戻りたい気持ちが擡《もた》げてきたが会社の指示なら従わないわけにもいかない。割り切れない思いのままおとぎ電車に身を委ね、女学生の会話を聞くともなく聞いていた。突然、窓側に座っている女子高生が外の田園風景を指さして、

「こんなところが、東洋のアルカディアなんて信じられっか？」

もう一人の女子高生も窓の外に目を移し、

「わかんねぇな、イザベラ・バードっていう人が言ったんだべ」

「加藤先生が言ってた日本奥地紀行探したけど、本屋になかった」

「図書室にあんねが、がっこさ着いたら探してみっぺ」

「うだな」

宗像は意味のわからないフランス語を聞いているような気がした。車窓に目をやると民家の周りをぐるりと屋敷林が囲み、その周りに田園が広がり、その向こうに雄大な山々が聳えていた。たおやかな盆地の風景である。その長閑な散居農村の中をおとぎ電車は走ってゆく。南長井という駅で他の高校生とともに二人は下車した。それからも赤湯までの乗降客は殆どが高校生だった。

真弓も本来なら中央線と山手線を通学路とする高校二年生のはずだった。真弓は仲のいい友だちにいじめられていた。湯沢にも行っていない。本当だろうか。とすれば、友だちが嘘をついていたことになる。なぜ、嘘をつかなければならなかったのか。

宗像は仕事や真弓や飛鳥のことなど、さまざまな胸のつかえを抱えながら帰京した。

いつの間にか、おとぎ村のリゾート開発の話は潰え、それから一年余りで会社は倒産した。不渡りを出すと債権者が多数押し寄せた。社長や役員は社内にいるはずもなく、倒産前から会社の窮状を知っていた一部の部長や課長も逃げるように退職していた。その時、債権者の対応に当たったのは倫子であった。経理の本部長でもある専務の指示もあったようだが、「今後は弁護士を通じてお知らせしますので、本日は御引き取りください」と、実に冷静に、丁寧に詫びていたのが印象的だった。大半の社員は解雇されたが、専務と会計事務所からの依頼で、倫子は債務処理のために会社に残った。一方、宗像は、倒産の話を伝えてきた福田から、別荘地のオーナーへの対応や別荘分譲地に関する残務処理をするために暫く残るよう指示された。別荘管理業務や別荘建築予定者の引き継ぎ、別荘地所有者の名簿整理などである。福田はこれらの営業権を継承することを条件に宗像の再就職先を打診してくれていたのである。その間、経理上の不正が露顕して高倉という倫子の上司が縊死する事件が起きた。それを自宅マンションのベランダで発見した高倉の妻は半狂乱となり、事件はマスコミの知るところとなった。小さく報じられた記事では高倉に横領の疑いがかけられていた。それがきっかけで宗像と倫子は親しく口をきくようになった。

「脱税した金を隠したのは高倉課長かも知れないけれども、それを指示したのは上よ、課長ごときで何億もの金を勝手に動かせると思う」

通夜の帰り幡ヶ谷駅前の居酒屋で倫子は涙ぐみながら宗像に訴えた。

「墓場まで持っていったのよ。高倉課長は」

色白の顔が赤らんでくると、ふだん、物事を冷静に処理する倫子ではなくなっていた。

「会社のレールに乗せられて、理由もわからずに押しつけられたものをそのまま受入れ、理由もわからずに生きて、死んでゆく、それがサラリーマンの宿命なの。こんな社会って理不尽、理不尽だよね」

ふくよかな倫子の喪服姿がなぜか可愛いと思った。出金伝票をチェックするときの、高慢ちきで険のある雰囲気はすっかり消え去り、ミディアムの黒髪が頬に流れ艶っぽささえ漂わせていた。これが素の倫子なのだろうか。その夜、宗像と倫子は渋谷のラブホテルに泊まり、翌朝、そのまま告別式に参列した。それ以来の仲である。

二人で残務処理を続けている間、「なぜ離婚したの」と質問されたことがあった。「家内が浮気を疑いアル中になった、それで……」と誤魔化し真弓の失踪には触れなかった。倫子は子供の有無も聞かなかった。ついでに離婚の慰謝料として住宅を手放し、そのローンをまだ払い続けていると話した。

「そんな、もったいない、繰り上げ返済しないと」

経理や庶務を担当していた者らしい敏感な反応が返ってきた。そして、自分が所有している中野坂上のワンルームマンションに住むよう促した。倫子は埼玉県の本庄に両親と住んでいるが、公認会計士の父の影響もあって投資用マンションを購入していた。新都心にも近く立地はいいのだが、今では設備が老朽化して入居者がなく、夜遅くなったときのセカンドルームとして使用しているという。会社精算後、六本木に職を求めた倫子との共同使用を条件に三万円という破格の家賃で借り入れたのは、それから半年以上たってからである。

宗像は思う。真弓の失踪を契機に始まった二十余年の歳月、解雇、離婚、倒産、すべては時の落とし物である。だが、そんな中で倫子との出会いは唯一、時の拾い物だったのかも知れない。月に三、四日しか逢わない間柄なのに、なぜか十年以上も続いている。しかし、倫子はまだ真弓の実を見ていない。

真弓が乗ったおとぎ電車は今ごろ、どこへ向かっているのだろうか。

真弓の木のふるさと

「えっ、あれ何、ほら、あれよ」

「スカイツリーかな」

「えっ、ウソ、ウソでしょ。ホント、ホントにスカイツリーなの」

小石川後楽園を包む緑の上に、白く大きな卵がぽっかりと浮かんでいる。空気圧で膨らんだ東京ドームの楕円形の屋根だ。完成時はビッグエッグの愛称がつけられていた。その卵の左側上部に、中心の軸がないことで知られる観覧車の座席とサンダードルフィンと呼ばれるジェットコースターが流線型を描いている。やや離れた、さらにその左側にはホバーリングスペースを頭に乗せた文京シビックセンターが聳《そび》えている。反対側の水道橋駅寄りには円錐形のドームホテルが青空に突き刺さり、上下するエレベータの動きが透けて見える。その傍に八十メートルのタワーハッカーの頂上部分がちょこんと突き出ている。これが昨日までの風景だった。今日は、観覧車からドームの屋根伝いに目を走らすと、確かに、東京スカイツリーの頭頂部らしきものが出ている。

宗像利彦は社内禁煙が実施された日から、屋上の給水塔のコンクリートに腰掛けてこの風景を眺めるのが日課となっていた。そればかりか、早期退職を打診されてから徐々に仕事が減り、いつの間にか窓際族となった。六十五歳の定年まで九年残しているが、部内の雰囲気はもはや辞めざるを得ないところまできている。中途入社ということもあり、二人の上司は年下で、宗像がいると何かとやりにくい面もあるのだろう。

「スカイツリーがここから見えるなんて、感動ものだね」

たばこケースを持った絵美は独り言のように呟きライターを擦った。社内禁煙になってから、愛煙家はそれぞれ思い思いに喫煙の場所を探し求めた。

絵美と宗像が出会ったのも社内禁煙がきっかけである。大半は各階の非常用外階段の踊り場に設置された灰皿を囲んで談笑しているか、外の狭い通りに設置されているたばこ自販機の前の灰皿を利用していた。宗像だけはふだん立ち入り禁止の屋上を喫煙場所としていた。鍵が壊れていて自由に出入りできることを知っていたからである。

「すみません、ご一緒していいですか」

背後から不意に声をかけられたのは、眼下の小石川運動場でサッカーに興じる中学生たちを眺めていた時であった。小柄で中学生の制服を着せても似合いそうな茶髪のボブカットにメガネをかけた、痩せて、胸の薄い女が立ちすくんでいた。十代ではないだろうから二十四、五くらいかと宗像は思った。二百人ほど在籍している社員の中で面識があるのはせいぜい五十人にも満たない。戸惑っている宗像を上目遣いで見ながら、たばこケースからセーラムライトを取り出し、

「開発の宗像係長さんですよね。総務の栗橋絵美です。たばこ吸えるところがなくて、内緒で鍵を持って上って来たら、開いていたので、吃驚《びっくり》して、どうやって開けたのですか」

「前から開いていた、壊れているのかな、もう一年以上たつよ」

「そうですか、庶務に報告して修理しないと。……でもな」

と言い淀んだまま、絵美はその後も鍵を修理することはなかった。それどころか、毎日、昼休みや三時の休憩時など、そっとドアを開けて忍び寄るように入ってきた。そして、「ここは宗像さんと私の密会の場所みたいね」と言ったり、メールアドレスの交換を求めたり、たばこを吸いたい女性を募って「屋上喫煙クラブをつくろうか」とか、その仲間で飲み会を開こうとか言い出したりした。事実、宗像は誘われるままに何度か飲んだりランチに行ったりするようになっていた。しかし、絵美は屋上に女性喫煙者を連れてもこなければ、居酒屋でも二人きりだった。しかも必ず割勘で、宗像から奢られるのを頑なに拒んだ。好みの女性ではなかったが若い女性と一緒にいることは宗像を少なからず得意な気分にした。宗像を同僚と同じように「宗さん」と呼ぶようにもなっていた。

「私、宗像さんの個人情報全部握っているわよ、話してみようか。いい」

「あぁ、いいよ」

宗像はいつものような他愛のない社内の噂話だと高を括っていた。

「昔、子どもができちゃって、学生結婚したでしょ」

「えっ、なんで、なんで知っている。そんなこと」

宗像は吃驚した。三十年以上も前のことである。この会社に中途採用されて以来、誰にもそんな話をしたことがない。

「三年留年して卒業後、大手町の大手のデベロッパーへ縁故就職。二十代で社員特別分譲を利用して武蔵野市に一戸建てのマイホームを購入、ところが、ある事故を起こして会社は解雇。心痛で奥さんは入院、その上、浮気がばれてあえなく離婚、せっかく購入したマイホームは慰謝料代わりに奥さんに取られ、残ったローンは今も払い続ける」

宗像は焦った。

「誰に聞いた。なぜ、そんなことまで」

問いただしても応えず、ドームシティの宙を凝視しながら稟議書でも読むかのように続ける。

「家を追い出されると吉祥寺の六畳一間のアパートに引っ越し、業界に顔の効く知人の紹介で新都心にあるリゾート開発の会社へ再就職するも、バブル崩壊とともに会社は倒産。またまた知人の紹介で当社へ入社、現在は、中野坂上駅近くのワンルームに在住、独身、愛称、宗さん」

そう言いだしたときから宗さんと呼ぶようになった。

「どう、宗さん。違っていたら、絵美、訂正しておくわよ」

宗像は訂正という言葉の瞬間に閃いた。絵美は総務部で人事の仕事をしている。たぶん、入社時に調査された興信所のデータを見たのだろう。宗像は絵美の守秘義務違反に対する憤りよりも、なぜかその履歴の中に娘の「真弓」と、週末に逢瀬を重ねている「倫子」の名前がなかったことに安堵していた。

「ちょっと、違うところもあるけど、だいたい当たっているよ。どこにでもあるような話だから、訂正もないけど、他の人の個人情報もファイルされているんだろう、そんなの無断で見たら、機密漏洩で会社クビになっちゃうよ」

「ん、そんなのたいしたことないのよ、ホントは。独身がまずいと思うよ……でもな」

と言って時計を見てあわてて屋上をあとにした。絵美の「……でもな」という口癖は何かを暗示するようでいつもいやな空気が残る。その夜、絵美はメールで「別に用事はないけど待っている」と言って宗像を神楽坂の居酒屋に呼び出した。

「言っていいのかな、……でもな」

などと言いながら焼き鳥と焼酎を口にしていた。酒に強く、酔うという感じのない絵美が、やや頬を紅潮させて、意を決したように喋りだした。

「これから言うのは独り言だから、宗さん、聞かなかったことにして」

と言い、グラスを口に運んだ。

「一週間くらい前の朝、お掃除していたとき、山田課長のパソコンが開いていて何気なくのぞいたら、早期退職候補者リストだったの。全部で二十名くらいの名簿に宗さんの名前もあったの、吃驚して……」

「えっ、オレがリストラ」

予期していなかったわけではない。倒産した会社の営業権を継承した別荘管理や中古物件の仲介を行うだけで、本来の開発の仕事は殆どしていない。会社への貢献度は低いと自覚していたからである。

「屋上でいつ宗さんに言おうか、言おうかと悩んでいたの」

「教えてくれてありがたいよ。聞かなかったことにする」

そうは言ったものの動揺を隠せなかった。急に食欲が失せ、串をおいた。酒だけが進んだ。倫子にはどう説明すればいいだろうと考えていた。

「独身は狙われるみたいよ、結婚すれば」

それから、一週間ほどして年下の部長の日下と課長の米原から早期退職の打診があった。もちろん留保した。

「ねぇ、ねぇ宗さん、今度スカイツリー見にいかない」

「完成はまだまだだよ」

「いいじゃない、途中でも、スカイツリー弁当とか、スカイツリービールとか、スカイツリーの箸とか、いろんなグッズがあって楽しいと思うよ」

「それより、こんな時間に出て来て大丈夫」

昼休みならいざ知らず、もう二時をまわっていた。

「郵便局へ行くって言ってきたから平気よ。それよりビッグニュース、それで上って来たの」

宗像の部署は八階で、屋上へ出るには階段を上ればいいが、総務部は二階にある。エレベーターで八階まで来て、そこから階段を上ってくる。絵美はいつものように深紅のライターでセーラムライトに火をつけると、メンソールの薫りを漂わせた。

「来年の三月までに辞めさせるのが至上命令みたいなの。部長と経理の課長の話聞いちゃったのよ。どうしても自分から辞めると言わない人には退職金を何割か上乗せするみたい、だから、宗さん、自分から辞めるなんて絶対言っちゃだめよ。わかった」

宗像は黙って携帯灰皿を差し出す。絵美はたばこをもみ消して急いで出ていった。それとなく知人や友人に再就職の打診をしてみたが、年齢的にも景気の悪さからも容易に仕事先は見つからなかった。これまで、二度も会社を紹介してくれた先輩の福田は交通事故で他界していた。宗像が唯一、頼りにし信頼していた先輩だけにその時の心の衝撃は大きかった。現在の会社を紹介してくれた矢先の出来事で、それ以来、宗像の昇進も止まった。十五年前の夏のことである。

外掘通り沿いに目を移すと飯田橋のハローワークが見える。宗像はまだ訪れていない。自分の人生に職業安定所という言葉が入り込むなど考えられなかった。絵美の言うように来年の三月まで粘れるだけの精神的余裕があるだろうか。生きていることに意味のない時があるとすれば、これから三月までの四カ月間余り、仕事も与えられず、ただ耐えることがそれに当たるのかも知れない。いや、独り暮らしを余儀なくされてからは、決して充実した時を過ごしたという実感はない。それなりに、リゾート開発やマンション開発などの仕事にも携わってきたが、スカイツリーや六本木や丸の内といった歴史に残るような、地図に記載されるような大きな街づくりに関わったわけではない。ただ、与えられた仕事を無難にこなしてきただけだ。だからボーナス査定に影響する業務評価も低かった。宗像がリストラされる条件は整っていたのかも知れない。なぜ、そうなってしまったのか。屋上に降り注ぐ小春日和の柔らかな光が、宗像の丸い背中に降りかかった。

師走に入ると、屋上の陽だまりは薄れて、肌寒さを感じる日が続いた。そろそろ、ここでの喫煙はお開きだろう。踊り場に設置された灰皿を使うしかないか、絵美はどうするのだろう。などと思いめぐらしていると、

「宗さん、宗さん、あれ、五百メートル超えたの、知らなかったでしょう」

慌ただしく入ってきた絵美が、卵の上を指さしながら言った。

「新聞で読んだよ」

「五百メートル突破記念キーホルダーも販売されるらしいの」

「それは知らない」

キーホルダーという言葉に懐かしさが込み上げてきた。

「キーホルダー欲しいな。どこで売っているのかな」

宗像はいつか聞いた響きに胸騒ぎを覚えた。

「いつ完成するの、スカイツリー」

「来年の三月らしいよ」

「ホント、宗さん、それまで辞めないでね」

「わかんないなあ」

「頑張ってよ。まだ解雇通知受けてないでしょ」

解雇通知は受けていなかったが、総務の担当者から退職金の額を聞き、住宅ローンを返済しても余裕があることは確認していた。倫子が繰り上げ返済計画を立ててくれたことも大きかった。会社都合による退社であれば雇用保険も即適用され、当面は生活に困ることはないだろう。その間ゆっくりと仕事を探せばいい、と告げられてもいた。

「仕事も片桐に引き継げと言われたし、もう、解雇と一緒だよ」

と応えながら、真弓が集めていたキーホルダーはどこへ行ってしまったのだろう。三人で住んでいたあの家はどうなっているのだろう。庭に植樹した可南子の好きだった柿の木はどうなっているのかという思いが走った。

「完成したらここで乾杯しよう。この屋上からスカイツリーが見えるなんて誰も知らないんだし、二人だけで祝おうよ」

「三月まで居れたらね」

キーホルダーと出張が結びついていた真弓が小学生だった頃、宗像には家庭にも職場にも居場所があった。真弓にも夢があったろう。それがどうして狂ってしまったのだろう。

「そうか、スカイツリーの前にクリスマスがあったね」

ツリーから連想したのだろうか。話に脈絡がないのはいつものことだが、絵美は何かを思い出したかのように呟いた。

「ボーナス出るのかな、宗さんに」

「出ないよ、クビを洗って待ってなと言われている人に払うと思う」

「出たらどうする」

「旅行へでも行ってくるよ」

「どこへ」

「おとぎ村」

「それ、どこ、私も行く」

咄嗟に出た言葉に宗像自身が驚いた。キーホルダーから真弓を思い出し、飛鳥が脳裏を掠めた。日々忘れ去る記憶もあれば、ますます鮮明さを増してくる記憶もあるのだろうか。時を落とし続け、紛失し続けた過去の中で、なぜか、真弓失踪後の出張だけが強い記憶となって宗像の心を支配していた。そこだけに、未来の小さな灯りが見えるような気がするのはなぜなのか。あのおとぎ電車は今も走っているのだろうか。

「どこだったかな、二十年近く前に行ったところだから、忘れたよ、東北の方だけど、よく覚えていないな。確か、おとぎ電車に乗ったよ」

と惚《とぼ》けた。絵美が本当について来そうで怖かったのである。

「おとぎ電車、それ何、思い出してよ、はっきりしないと行けないでしょ」

と言ったかと思うと、また、突然、ドームの方を指さして、

「あっ、そうそう一昨日ね、あの右側にあるタワーハッカーで、事故があって指三本切断したの」

「誰が、お客さん」

「女性スタッフだって、あの頂上にあるモーターやワイヤーを点検していて指が巻き込まれたらしいの。開園前に、可哀想に、二十六だって、私と同じ……」

絵美の吐いたメンソールの匂いが湿った空気を染め始めた。

「それは気の毒だね」

そう応えながら、宗像は事故への興味より「おとぎ村」の記憶を弄《まさぐ》っていた。老人が生きているとすれば百歳を超えたはずだ。飛鳥は五十歳になっただろうか。宗像の脳裏には飛鳥と「おとぎ村」は一体となって刻み込まれている。会社をリストラされる前に、ボーナスなど出なくとも、溜りに溜った有給休暇を利用して、もう一度「おとぎ電車」に乗って「おとぎ村」を訪ねてみよ

う。宗像はそう思い始めていた。

「あとで、おとぎ村、ネットで調べてあげるね、じゃ」

絵美は吸い殻を宗像の灰皿に押し込むと、そう言って屋上を出ていった。ほどなくして片桐から携帯電話に着信があった。抑揚のあるゆっくりした口調で、

「係長、どこにいます。日下が捜していますよ」

屋上にいるとは言えず、

「ありがとう、本屋、すぐ戻る」

とは言ったもののすぐには戻れない。時間調節のため再び煙草を銜《くわ》えた。業務連絡用に与えられている携帯電話は机にしまい込んだままになっている。個人の携帯番号は日下には伝えていないが片桐には教えている。

片桐は宗像よりも一回り年下で、日下と同期だったが役職に就けていない。中途採用でもないのに出世が遅れているのは行動力のなさにあった。実績を上げることができないのである。肥満であることも印象を悪くしているかも知れない。宗像が辞めれば役職を得るのだから引き継ぎ作業に身が入るものなのに、その意欲は微塵も感じられなかった。これまでも、日下に対するライバル心や嫉妬心があってもよさそうなのにそれを表すことは全くなかった。

宗像はそんな片桐が嫌いではなかった。仕事の遅さや動きの鈍さにいらだっている日下を見る度に、片桐が自分とは対照的な日下を出世させる役割を果たしているとさえ思った。日下は年長

者である宗像に親しみを込めたつもりで「宗さん」と呼ぶが、片桐は酒席でも「係長」と呼んだ。しかし、日下に対して片桐は同期のせいか媚び諂《へつら》うこともなく「日下」と呼び捨てにしていた。そんな片桐に好感もあり、宗像は片桐を誘ってよく呑み歩いていた。

ゆっくりと階段を下りながら、また「いつ辞めるか」の話だろうと思い部屋へ入ると、日下が指を四本立てて飛んできた。四階の常務室という合図である。進退をはっきりさせない自分へ岡村常務が引導を渡そうということだろうか。一瞬、宗像はそう思ったが常務は開発プロジェクト関係の取締役で人事には関係ないはずだ。エレベータの中で、

「会社の携帯使ってよ。いくら仕事がないからと言っても会社にいる間は……」

と言う日下の言葉に半分頷きながら、やはり退職の話かも知れないと思った。常務室の前で、旅行鞄を持って今まさに出かけようとしている岡村と出くわした。

「あぁ、宗像、来たか。突然だが、明日から大手町へ行ってくれ。ほら、勝山君、知っているだろう。どうしてもキミと仕事したいらしい。これから札幌なんで、詳しいことは、電話で勝山君に聞いてくれないか、これ渡しておくから」

そう言い残すと、勝山の名刺を宗像に差し出し、あわただしく部屋を後にした。残された宗像は呆気にとられた。日下もなんのことか解らないらしく唖然としていた。八階へ戻る途中、日下は、

「勝山って誰、宗さんとどんな関係」

と聞いてきたが、宗像は、

「今、思い出しているところです」

と惚けた。意地悪をしているわけではない。説明するのが面倒だった。大手町というのは宗像が初めて勤めた会社を指す。日下はそれを知らない。説明するのが面倒だった。


日下はそれを知らない。説明するのが面倒だった。当時、勝山勝は八歳年下の新入社員であり、宗像の再就職を斡旋してくれた福田と同期の岡村常務は、その会社から出向している先輩でもあった。しかし、解雇されて以来、勝山とは一度も会っていない。名刺は部長となっていた。出世した後輩に歳月の重みと懐かしさと自分の不甲斐なさを感じた。同時に今では宗像の周りで真弓の失踪を知る唯一の存在かも知れないと気づいた。

「宗さん、常務の話はジョイントのことかな、ほら、三鷹か小金井だったたか」

八階に戻ると日下は相当気になるらしく、宗像の机の傍に座って離れない。

「うちも、参加できるのかな、あれは膨大なプロジェクトだから、七、八年はかかると思うよ、宗さん、ホントに何も聞いてないの」

常務から何の情報も得てないことが不安なのか、執拗に問い質す。

「聞いていません、ジョイントの件も知りません」

日下は最年少で部長まで昇進した自他ともに認めるエリートで、自分のやることに確固たる自信を持っている。自分の言うとおりにやらない社員は悪だとさえ信じている節がある。そのため反感を持つ社員も少なくない。仕事で社員と暴力沙汰を引き起こしたこともある。そういう性格のせいか、短期集中型のプロジェクトにはめっぽう強く高い成果をあげていた。しかし、長期的な仕事は苦手なようで常務もそれを察してか、そういった案件には課長の米原を同行させることが多かった。

「その勝山っていう人に電話入れてよ。何かわかるでしょ」

「それより、私のリストラの話はどうなりますか」

「まあ、それは、ひとまず置いといて、とにかく明日から行ってよ、常務の話だし……」

と言って分が悪いと思ったのか傍を離れて米原と話し始めた。宗像はなぜこうなったのか皆目検討がつかず、名刺を見ながら受話器を手にして直通のダイアルをプッシュした。

「宗像です」

と言うか言わずのうちに勝山は喋り始めた。

「お待ちしておりました。ご無沙汰しています。岡村常務から伺いました。お元気そうで、何年たちますかね、あれから……」

丁寧語からややぶっきらぼうな口調に移っていくのは変わっていなかった。とりとめのない挨拶話に一段落ついたところで、仕事の内容が気になった。

「ところで、明日から何を……」

と宗像は切り出したが、勝山は意を解さずに、気軽な昔の同僚の口調に戻った。

「会社へ入って二年目の春だったかな、小金井公園の桜を見に来いって言われて、宗さんの家へ遊びに行きましたよね。お嬢さんが私立中学に合格した年、覚えています」

と昔話に余念が無い。

「うん、そんなこと、あった、かもね……」

宗像も少しいらつきながらも馴れ馴れしい口調で応えていると、いつの間にか日下と米原が傍に立って耳を欹《そばだ》てていることに気がついた。

「この前、行ってきました。近くまで、宗さんの家は確かこの辺だと思ったけど、わかんなかった。ほら、大きな公団住宅あるでしょ」

「あぁ、あったね、でも昔のことだから」

「えっ、今、住んでない」

勝山は可南子のアル中や離婚、家を慰謝料に取られたことなど全く知らない様子だった。

「あれから、いろんなことがあってね。今は中野坂上にいる、詳しいことは今度、ゆっくり……」

「あぁ、そうですか。宗さんが武蔵野にいるとばっかり思っていたものですから、あそこの団地が老朽化して、一部、再開発は始まっているのですか、隣接地の再開発話もあって、これから大きく動きそうなんです。そこで、岡村常務に話して宗さんにぜひ加わって欲しいとお願いした次第です」

仕事の話になると、勝山の口調は急に改まった。

「武蔵野は二十年以上も前のことで、詳しくないし、無理だと思うが……」

「いや、大丈夫です。今度の計画は『森』がテーマになるのでリゾート経験がある宗さんが適任じゃないか、と常務もおっしゃっていました。私も気心の知れた先輩ですし、入社時に仕事を教えていただいた恩は忘れていません。また、明日からご指導ください。ところで、宗さん、こんなこと聞いていいかどうかですが、その後、お嬢さんの消息は……」

急に小さな声に変わって訊いてきた。

「まだ何も……それじゃ、明日、宜しくお願いします」

と応えると勝山も何かを察したように「そうですか、こちらこそ」と言って電話を切った。部長の日下より年長の米原課長が先に口をきいた。

「宗さん、勝山部長と知り合いだったんですか、私も一度お会いしました。若いのにえらいやり手と評判でっせ」

わざと関西弁を使う米原に応えずにいると、日下が結論づけるように言った。

「やっぱり、オレが思ったとおりか、これで我々も一息つけるな、宗さん、今まで遊んだ分、取り返してよ。課長は事情を人事に話して、今後どうするか考えて、一人切るのは部のノルマだから」

そう言うと日下は自分の席に戻り、米原は部屋を出ていった。

「係長、よかったですね、でも遊んだ分、取り返せはないでしょ、宗像さんの仕事を奪っておいて」

隣席で別荘地オーナーリストをパソコン画面で眺めていた片桐がぼそっと呟いた。宗像はその言い方に苦笑した。奪った仕事にありついているのが片桐である。リストラは延期になるのだろうか。それはそれで何か虚しく感じられるのはなぜだろう。会社の都合でクビがつながったり、切れたりすることへの理不尽さだろうか。ふと、倫子が高倉の通夜の日に呟いた「会社のレールに乗せられて、理由もわからずに押しつけられたものをそのまま受け入れ、理由もわからずに生きて、死んでゆく」という言葉が甦った。いや、理由はわかる。わからないのは自分たちのやることに揺るぎない自信をもって、他人に押しつけてくる時の心の有り様だ。たとえそれが倫理に悖《もと》るものだとしても。自分に自信が持てるということは、他人の気持ちがまるでわからないことの裏返しなのかも知れない。真弓の気持ちがわからなかった失踪当時、宗像は仕事に自信を持っていた。神山とともに会社を支えているのは自分たちだと自負していた。新入社員の勝山にも内容を説明せずに仕事を押しつけていた。今度は勝山から仕事を押しつけられる番なのかも知れない。と思いながら、宗像は「おとぎ電車」に乗って「おとぎ村」を訪れる旅は当分延期せざるを得ないのか、と大きなため息をつき、たばこを吸うために屋上へ上った。

五百メートルを超えたというスカイツリーを眺めながら、暫くは絵美と会うこともないと思うと、少し寂しさが募った。絵美が上ってきた時、灰皿がないのも困るだろうと思い、給水塔の傍に置いていくことにした。

高層ビル街に変わった大手町は、宗像の知る三十数年前のオフィス街ではなかった。勝山は午後からジョイント各社の担当が集まって会議を開くが、その前にプロジェクトのおおまかな説明をするという名目で、宗像を喫茶店へ誘った。内容は行政の方針に沿って公団住宅の跡地を再開発するというものであったが、詳細には触れずに宗像のことばかりを訊いてきた。宗像はリストラの件と倫子のことを除いて詳しく経緯を話した。勝山は可南子との離婚に驚いていた。真弓のことは、オウム事件や北朝鮮拉致問題と関係ないのかと執拗に問い質してきた。関係ないと思うとしか答えようがなかった。宗像は宗像で、勝山が二人の男の子を持つ父親となっていることを知ったあと、迷惑をかけた直属の上司だった神山について尋ねた。それによると宗像が会社を辞めてからはますます多忙を極め、一時は次期社長との噂も立つほど出世し、取引先との接待の日々が続いたという。休む間もない生活と何十億単位の取引を一任されている重圧が、いつしか体をむしばんでいたのだろう。ある深夜、激しい胃の痛みに襲われ、吐血と下血が同時に起き、救急車で病院に担ぎ込まれた。そのまま輸血しながら緊急手術。十二指腸の壁から血液が噴出していたらしく危機的な状況だったらしい。一命はとりとめたものの病気で無理な働き方ができなくなり、やがて出世コースから外れた。最後は役職定年制で肩書きも部下もなくなり、五年前に退職し田舎へ引っ込んだという。

「人って敷かれたレールから、引っ込み線に入っちゃうと、なかなか戻って来られない。オレもそうだけど……それに比べたら勝山部長は出世レールをまっしぐらだね」

「その、部長って、やめてくれません。勝山でいいですよ。それより、神山取締役は宗さんのことを気づいていたと思う。真弓ちゃんのこととかも」

「どうして？」

「宗さんが退社したあとだったけど、宗さんの子どもは何歳だとか、どこの学校へ行っているのかとか、しつこく聞かれました。もちろん知らないと言いましたけどね」

「そう」

「辞めさせたくなかったみたいでしたよ、ホントは、宗さんがいれば忙しさも半分で済んだでしょうし、時折、宗像がいればな、とか呟いていましたから」

「迷惑をかけたし、損害を与えたから、また仕事ができるのが信じられなくて……」

「もう時効だから言いますけど、あの土地はあとで復活しました、それでよけい忙しくなって、無理したわけですよ」

　損害を与えた会社で再び仕事ができることの謎は解けた。ただ、神山を病気にさせ出世を阻んだのは自分の不祥事にあると思った。やりきれない気持ちが襲ってきた。

　午後の会議には十五名が出席していた。宗像は最年長と思われた。円形のテーブルだが出入口に近い末席に座った。勝山が会議を仕切っていた。退屈だった。勝山から「宗さんには敷地内の植栽計画を」と午前中に聞いていたからである。

「建築デザインコンセプトは、広大な敷地を森と捉え、既存樹を最大限に生かし、高原リゾートを彷彿させるような景観美の構築にしたいと思います」

勝山はプロジェクターに映る現地を指しながら説明に余念が無かった。

「都心から離れ、緑豊かな環境に住むことは、まさに高原リゾートをイメージさせてくれます。敷地全体を一つの森として捉え、『森』の中に全七棟、それぞれのエントランスをデザインします。建物はまるで森に溶け込むかのように佇みます。桜やヒマラヤ杉などの既存樹木を活かし、敷地内にさまざまな緑を配する植栽計画はリゾート開発のベテラン宗像さんと若い女性の感性を活かしていただける林さんに担当していただきます」

宗像の脳裏を不意に「人には、森をつくらんにぇ」という言葉が過《よぎ》ると同時に、黒のスーツを纏った痩せ形でやや長身の、いかにもキャリアウーマンという感じの女が起立してポニーテールの頭を下げているのが見えた。どこかで見たような顔立ちだが思い出せない。宗像も勝山に指図され起立し頭を垂れた。禁煙の会議は苦手だった。無性にたばこが吸いたかった。次々と勝山が担当部門を決め閉会となったが、宗像は靄の立ち込めた頭を抱えて早々と部屋を出た。勝山に聞いていたロビーの向こうの喫煙室は透けたガラスで囲まれたサナトリウムのようなところだった。一服しながら携帯を開くとメールが入っていた。絵美からである。「灰皿忘れていたわよ。預かっておくわね、今日はどこで油売っているの」

いつだったか、屋上で絵美が呟いた。

「宗さんはいつでも自由にたばこが吸えるからいいな」

「毎日、こうやって油を売っているのも退屈なものだよ」

「アブラ？　アブラを売るって？　なんのアブラ」

そう聞かれて、笑いながら絵美に油を売るという言葉の意味を教えた。「大手町でアブラを売っています。寒くなってきたので屋上喫煙所は閉鎖します。灰皿はもう使わないのでささやかなプレゼントです」とメールした。その時、背後から「宗像さん」と声が聞こえた。振り返ると、

「林です。初めまして」

名刺を出され、宗像もあわてて勝山が用意してくれていた名刺を差し出した。

「勝山さんが喫煙室にいらっしゃると言うので、伺いました。これから宜しくお願いします」

「すみませんニコチンが切れて、会議はどうも苦手で」

「私、ロビーで待っていますので、ごゆっくりどうぞ」

煙草を吸わない者にとって喫煙所は地獄かも知れない。林洋子と印刷された名刺には宗像もよく知る設計事務所の社名があった。絵美からの「閉鎖は困る。アブラを売るところがなくなる」という返信を見てたばこを灰皿に捩じ込んだ。

ロビーへ行くと林洋子は図面を広げてコーヒーを啜っていた。

「お待たせしました」

「コーヒーお持ちしましょうか」

「いや、結構です」

「宗像さんは現地の近くにお住まいと伺いましたが」

「勝山部長の勘違いです。二十年以上も前のことですから」

「でも、二十年以上前の武蔵野のイメージを再現するわけですから、ぜひ、ご指導願います」

「いや、林さんの若い感性で思いっ切り表現してください。私はまだ現地へも行っていませんので、まずは現地調査から始めます」

「ありがとうございます。それでは、まず、私どもが中心でプランを提出させていただきます。例えば、街路樹は森の街、桜の街として、山桜やソメイヨシノなどを植え、玉川上水沿いの桜並木とつなぎたいと思っています。それから、季節感を演出するため、春夏秋冬の小径を設けて四季折々の花を植えたいと思っています。それと、森らしい通年の緑として既存樹木のヒマラヤスギとかドイツトウヒの移植も考えています。コミュニティとしての庭の緑はサルスベリとかハナミズキとかを考えていますので、ぜひ、プランを見てください。宗像さんの方からも、ぜひ、アイディアをお聞かせください」

宗像は林の話を聞き流しながら、約束の時間までに来られなかった時の倫子の弁解を思い出していた。「二十代のやる気のある女の子ほど始末が悪いのはいない。自分本位に頼みもしないことまでやってしまって、後始末はいつもこっち、本人は一生懸命だから、よけい困るの、ああいうのがいるから予定通りに来られなくなるのよ」その時は「二十代の倫子もそうじゃなかったの」と言おうと思ったが、黙って首肯した。

図面を指図しながら林の止まりそうにない話に、

「わかりました。もういいです。林さんにお任せしますから、いいプランを年明けてからでも聞かせてください」

宗像が遮ったにもかかわらず、

「ありがとうございます。桜の森の高みを目指します。ではまた次回に、今日はこれで失礼します」

悪びれた様子もなく、笑顔で頭を下げあっさりと引きさがっていった。宗像は林の迸《ほとばし》る自信と情熱に眩しさを感じたが、この二十代の若さとやる気が苦手だった。自分にはとっくに喪失したものだ。今回の仕事で評価されればリストラされずに生き残れるかも知れないのに、どこかで、「どうでもいい」という気持ちがある。元気な林から見れば宗像の態度は病人に映るかもしれない。林にプランを出させ、適当な助言を加えながら時間ぎりぎりに決定するのが大人の仕事、と、思っているわけではないが、そうなるだろうと思った。それが、サラリーマンを持続するためのコツであると悟ったのも真弓失踪後に解雇されたお陰である。そのためには何度も現地を見て時間を稼がなければならない。現地の些細な情報を入手しておけば、内容が希薄でもさも仕事に熱心な社員と見られるからだ。

絵美からのメール「大手町って、なんかあったの」を無視して勝山が用意してくれた机に戻った。

　翌朝、師走らしい寒い日になった。宗像は倫子が買ってくれた黒のダウンコートを纏いカメラを携えて現地調査へ出かけた。丸ノ内線で中野坂上から荻窪へ行き、中央線に乗り換えて武蔵境駅まで。ここから桜堤団地口までバスで行く。かつて宗像も可南子も真弓も乗ったバスである。そして三人で住んだ家は鯉の泳ぐ玉川上水を渡ってすぐであった。その先には住宅を購入する前に住んでいた団地があった。そこが今回のプロジェクトの現場である。しかし、宗像は自分が住んだ家がよくわからなかった。「手鎖」という表札のある、赤い実だけを残した大きな柿の木のある家がそれらしいと思ったが確証がもてなかった。当時は塀ではなく垣根だったからである。

　すでに団地は取り壊されていた。周りをプラスチックの塀で囲ってあったが、一カ所だけ入口があることを勝山から聞いていた。その場所は難なくわかり、中へ入ると、そこは原っぱだった。ケヤキや桜の巨木が敷地の南側に五本見えた。真弓が生まれたあと、七年近く住んだが、当時、建物があったせいか、こんなに広々とした空間とは感じられなかった。ここは、真弓のふるさとのはずだった。桜の咲く美しいふるさとのはずだった。いや、今でもふるさとのはずだ。もしかしてここへ戻ってきたことがあるかも知れない。宗像はケヤキの巨木の下で煙草を吹かしながら思った。そのとき、胸ポケットの携帯が震えた。絵美からのメールだ。

「会社休んで、なにしているの。片桐さんもリストラのリストにのっちゃったわよ。子供、四人もいる片桐さんをリストラするなんて酷いと思わない。どうなっているのかしらねこの会社。それからネットで調べたけどおとぎ村なんて日本にないからね、宗さんの錯覚よ」

宗像は「一人切るのは部のノルマだから」という日下と米原の会話を思い出し、動揺した。自分の代わりに片桐を選ぶとは予想できなかった。かつて役職についていた定年間近の社員が二人いる。順番から言えばそちらが先と思っていたからである。なんとかしなければならない。そうは思っても自分にそんな力があるはずがない。日下や米原へ談判したところで一笑に付されるに決まっている。絵美に「リストラの件、片桐は知っているのか」とメールした。たちまち「知らないと思う。今朝、私課長のパソコンで知ったばかりだから」という返事があった。続けて「もうすぐ昼休みだからあとで電話していい」という追伸メールが来た。宗像は、「今、武蔵野を現調中、いつでもオーケー」と返した。すっかり葉を落とした桜の巨木の下に移動して、宗像は片桐を辞めさせない方法はないかと頭をめぐらした。福田を喪ってから頼みごとのできる先輩はいない。というより、できなかったし、作ろうとも思わなかった。それは、いつの間にか宗像の中に芽生えた「過去は落としていくもの」という気持ちがそうさせたのだろう。紛失した過去の多さが未来を不自由にしてきたとも言えるかも知れない。頼れる人と言えば力のない倫子や絵美だけで、その範囲も至って日常的なことだけだ。リストラの件は勝山も知らないことだし、ましてや岡村常務に言うべき筋のものでもない。

「宗さん、仕事で武蔵野にいるの」

絵美は屋上から電話しているという。

「武蔵野にマンションを建てる仕事が、なぜか、俺にまわってきた」

「じゃ、リストラされないじゃん、よかったね」

「だから、代わりに片桐が選ばれた」

「えっ、じゃどうなるの、宗さんが残って片桐さんだけがリストラ、宗さんが悪者になっちゃうじゃない」

「俺のせいで片桐がクビになったら堪らんよ」

「そうよね、でも仕方ないじゃん宗さんのせいじゃないよ、でもなぁ……」

宗像は絵美に出向になった経緯を話し、

「暫く、そっちへは行けないから、何かわかったら連絡くれる」

「うん……でもなぁ、知らない方がよかったみたいね。私失敗しちゃった。あぁ、それとおとぎ村なんて、ホントにないから、あぁ、それからボーナス出たよ、宗さんも銀行で確認したら」

「わかった。どうせおとぎ村には仕事で行けないから、もういいよ」

「つまんないの、もう屋上デートも終わりね、宗さんがリストラされる方が楽しかった……」

「…………」

「冗談よ、冗談、じゃ、仕事頑張って、暇な時に片桐さんに電話してあげてね」

電話が切れた宗像の耳奥に「宗さんがリストラされる方が楽しかった」という言葉が突き刺さ

ったまま取れなくなった。敷地内の要所要所をカメラに収めながら歩いたが、頭の中は片桐のリストラに支配され、植栽用の植物を考えることができなかった。敷地内の撮影を終えたあと、コンビニで弁当を買い小金井公園の方へ向かった。三歳の真弓を自転車に乗せて何度も行った公園である。桜の季節になると花見客で賑わうが、今の季節は冬木立だ。それでも当時より樹木が大きく見えた。成長したのだろうか。人の姿は疎らだった。真弓は広大な原っぱで凧揚げを見るのが好きだった。「ゲイラ、ゲイラ」とはしゃいだ姿が浮かんできた。それもつかの間、片桐が日下と米原に退職を迫られている光景が浮かんできた。宗像はベンチに座って弁当を広げたがなぜか落ち着かなかった。川崎駅前に立地予定のタワーマンションの調査へ行った帰り、ラゾーナ川崎で食事をし、幾分酔った片桐が語ったことが甦ってきた。

「係長、昭和記念公園でのバーベキューに参加したことを覚えています。家族連れの会社の親睦会で」

「そんなことあったかな、俺には家族はいないし」

「一回きりで、それっきり来なくなりましたけど、七年前くらいです。あの時サッカーで遊んでいただいた長男が高校に合格したんです。よほど楽しかったのか宗像さんと一緒に撮った写真を今でも飾ってあるんですよ」

「あぁ、思い出したよ、祐太朗君とか言ったよね」

「そうです、そうです、その祐太朗が今朝、出がけにお父さんのお陰で高校に合格できたと私に感謝の手紙をくれたんですよ。その中でお父さんは課長になんかならなくてもいい、今までどおり家長でいてくれればいい、と書いてあったのには笑っちゃいました。これにはわけがあって、私には高卒で大手の印刷会社へ就職した年上の従兄弟がいるんですが、それが凄いんですよ。出世のためにどんな上司にも可愛がられるように会社にあるほとんどの趣味のクラブやサークルに所属して、毎週、仕事に託《かこつ》けて土日は上司とのゴルフや趣味の会合に出て媚びを売っている。昇進試験の勉強も欠かさない。家には二人の男の子と奥さんがいるのですが、ろくに口もきかず、家庭はほったらかし。子どもには名門大学への進学を強要し、自分は出世街道まっしぐら。本人は部長になったと喜んでも、家庭では誰も喜ばない。それどころか、奥さんはキッチンドリンカーになっちゃって、家庭は真っ暗。それに比べて私はいつまでたってもヒラ、土日は子どもと城北中央公園で野球をしたり奥多摩へハイキングやキャンプに出かけたり、遊び放題。それで、家内がお父さんは課長にはなれそうにないが家長としては百点満点、という駄洒落が我が家の遊びに出掛ける時の合い言葉になったんです。私には信念がありましてね、ささやかな家庭の幸せも築けない人間が、会社で出世しても何もならない。絶対そうはなりたくありませんね。係長もそうでしょう。私と同じ価値観ですよね」

それは同期の日下への当てつけに聞こえた。ささやかな家庭の幸せを築けなかったのは宗像とて同じことである。家庭を顧みなかった。真弓が失踪するまで、意識するかしないかに関わらず出世の道を選んでいたのである。「高校は違うところへ行きたい」という真弓の言葉を無視した上、可南子に任せきりにした。だからこそ、今ある片桐の六人家族の幸せな家庭を守ってやりたいと思った。弁当を食べ終えた宗像は一服した後、小金井公園を散策しながら、こちらから片桐に電話するのは止そうと思った。きっと、なんか言ってくるだろう。それまで待とう。それからでも遅くはない。まだ、三カ月は残されている。宗像は倫子にリストラの件を告げられなかった自分のことをさしおいて、片桐は自分に相談してくると確信していた。時の落とし物は上手に拾ってゆかなければ未来に繋がらない。自分にはできなかったことを他人にはできそうな気がしていた。

ところが、クリスマスが過ぎ、新年を迎えても片桐からの相談はなかった。絵美からの連絡もぷっつりと途絶えた。忘年会や新年会は出向先の勝山らと盃を交わし、なにをするでもないクリスマスや年始の何日かを倫子と過ごした。倫子には武蔵野のプロジェクトで出向していることを伝えていたが、さほど関心を示さなかった。倫子が興味を示してくれれば、リストラの話に結びつけ片桐のことも話題にできたかも知れないが、そうはならなかった。倫子の興味は専ら自分が公認会計士の資格を取得し父の事務所を継承することにあるらしい。シングルベッド、テーブル、テレビ、パソコンデスクだけの家具に、エアコン、キッチン、バス、トイレ、収納、ベランダにある洗濯機だけのワンルーム。週末婚のような関係だけに喧嘩になることもあまりない。食事も殆ど外食。近くのラーメン屋や焼き肉、和食の定食屋など、たまに、イタリアンレストランや中華料理にも行くが、贅沢なことを好まないのが倫子であった。そして、ワンルームでの飲食と言えば倫子が買ってくる菓子や果物、インスタントラーメン、インスタントコーヒーに、ワイン、缶ビール、焼酎の酒類だけである。宗像は家賃の三万円、それに管理費、修繕維持費、光熱費などの二万円を出していたが、他は殆ど倫子の出費である。それどころか、宗像の預金をネットバンキングで管理し、ボーナス全額をローンの繰り上げ返済に向けるよう勧め、パソコンで手続きを済ませてしまう。むろん、宗像に異論などあるはずもなく、むしろ感謝していた。そんな倫子だけにこれまでリストラの話を持ち出すことができなかったのだ。

「利クン、なにか悩みあるの」

テーブルの上の缶ビールに手をやり、見るともなくテレビに目を向けていたとき、パジャマ姿でベッドに横になり雑誌を眺めていた倫子が不意に呟いた。倫子は宗像が宗さんと呼ばれるのを嫌っていた。会社で年下の子を呼ぶように「利クン」と呼んで喜んでいた。宗像は別に悪気もなくそれを受け入れ、逆に倫子をノリと呼んでいた。しかし、「利クン」と「宗さん」と「宗像」の三人は同一人物ではないと思うことがときどきあった。利クンはセックスをするが、宗さんと宗像はしない。宗さんはリストラの対象にされているが、利クンと宗像にはない。宗像は仕事をするが宗さんと利クンはしない。どれが本当の自分なのかよくわからないが深く考えもせず、さまざまな自分が存在していることは誰でも同じだろうと思うようにしていた。ただ、ひとつ「お父さん」と呼ばれた日々を紛失している自分には、空虚さを感じていた。

「身代わり地蔵とか科負い比丘尼《びくに》ってなんのためにあるのかな」

「なに、藪から棒に、そんなこと考えていたの、新年から」

「あのときさ、高倉課長は誰の代わりに死んだのかな、望みもしないのに誰かの身代わりになるって、どんな気持ちだと思う。子どものために親が身代わりになるとかさ、恋人のためにやってもいない罪を被るとかさ、そこには一応、愛があるように見えるじゃない。でも、高倉課長は愛もないのに社長とか上司のために身代わりになったわけじゃない」

倫子は雑誌を放り出しながら上半身を持ち上げ乗り出してきた。

「違う。高倉さんは社長とか上司のために死んだわけじゃない。奥さんや子どもへの懺悔なの。本当のこと言いたくても言えない自分を家族に詫びたのよ。家族が汚名を着せられることから守るために、身代わりになったようなものなの。家族を良い方向に進ませるために、自分は悪い方向へゆく。横領なんかしていないし、悩んだと思う、自分は潔白であっても悪に荷担したというジレンマはあったでしょう……」

十年以上も前のことなのにこの敏感な反応はなんだろう。倫子の語気の荒さに啞然としながら、この話はタブーだったのか。倫子のトラウマとして残っていたのか。ひょっとして、倫子は高倉が好きだったのかも知れないと思った。

「ごめん、比喩が悪かった。ホントは、本来なら自分が悪い結果になるだろうというときに代わりに誰かが悪い結果になってしまったら、どうするかということを聞きたかっただけだよ」

宗像はテレビから目を離し慌てて訂正した。

「それなら、逆でしょう。あの時、社長たちはほっとしたはずよ。高倉さんがいなくなって証拠が消えちゃったんだから、高倉は保身地蔵だと喜んだと思うよ」

「保身地蔵、喜ぶ……そうかな。ノリなら喜ぶ」

一瞬、間ができた。再び雑誌を手繰り寄せて、

「さぁ、どうかな、それより利クン、私の身代わり地蔵になれる」

なれるはずないと応えるところだが機嫌を損ねたくない気持ちが働いてしまう。

「なれる、なれる」

「嘘ばっかり、でも嘘でもそう言ってくれるだけでいいのよ、私は科負い比丘尼にはなれないけど、あの事件以来、理不尽なことの中にこそその人の本当の生き方があると思うようになったのよ。十年前は私も子どもだったから……」

結局、片桐の話まで進まず、年末年始の休暇は終わったのだが、いつの間にか、

「住宅ローンは今年中に完済、あとは老後資金ね。私は利クンの介護なんてしないから、これからはお金を貯めて将来は施設へ入るのよ」

ライフプランが大好きな独身主義の倫子のペースにはまってしまったのだ。

仕事始めの翌日に林洋子は早速現れた。図面とパースを示しながら、

「ここの空間をまとめる緑としてサルスベリ、ハナミズキ、キンモクセイ、ユズリハなどを植栽します。森の緑陰にはケヤキ、アキニレ、イロハモミジ、コブシ、シラカシ、クスノキなどを配し、緑陰と木漏れ日を楽しむ疎林とします。ぜひ、これでお願いします」

初対面の時から林洋子の口癖は「ぜひ」という押しの強さにあると感じていた。

「それはいいプランだと思いますが、林さんは年末年始も仕事を……」

「いや、そんなことありませんが頭の中で仕事していました。宗像さんにぜひ聞いてほしいのですが各棟の庭にはヤマニシキギを植樹してほしいのです」

「えっ、真弓を、どうして」

宗像はドキリとした。胸に過去の落とし物が突き刺さり甦ってきた。

「季節ごとに色を変えてゆく植物なので一年中ずっといろいろな美しい顔を見せてくれます。春は白い花、夏は緑色の種が見え始めます。秋にはピンク色に熟した可愛い実が四つに裂けます。それが真冬までしっかり残ります。それをヒヨドリやメジロがエサとします。鳥もこないと森とは言えませんから、ぜひ、ぜひ採用してください」

などと滑らかな口調で説明に余念がない。

「林さんは真弓をどこで見ましたか」

宗像は陳腐な質問をしている自分がおかしかった。

「栃木の実家にありました。大島にはたくさん自生しています。白金の自然教育園でも見ました。

フラワーショップでも売っていますよ。ぜひ、真弓に会ってください。真弓の名前の由来は真の弓の木の意味で昔、弓の材料にされたことからそう呼ぶようになったそうです。余談になりますが女優の檀れいは本名がまゆみだそうです。檀はまゆみとも読みます。マユミマユミって可笑しいですよね、知ってましたか」

と笑った。そうか、林洋子をどこかで見たことがあると感じたのは、ビールのコマーシャルに出てくる檀れいの笑顔が似ていなくもないからか。植物の真弓よりも娘の真弓に会いたい宗像の気持ちを、林洋子は知るよしもない。

「全く知りませんでした」

宗像は本当に知らなかった。植物の真弓のことも、娘の真弓のことも何もわかっていなかった。

「休み中に、このマンションに住む子どもたちに将来、思い出になる樹木を残せないかなと考えていたら、子ども頃見た木を思い出したのです。実家の庭にあった、淡紅色の果実が枝から垂れ下がるように実る姿がきれいだなと思って強く印象に残っているのです。これだと思いました。花言葉も『真心、艶めき、心に潜んだ、そして、あなたの魅力を心に刻む』なんです。素敵でしょう。自分の育った地にそんな木があったら、きっとふるさととして心に残ると思います。ぜひぜひ、お願いします」

「わかりました。検討しておきます。駐車場も森が優先で車はそこに置いてあるみたいにしたいね」

と言うと、

「カナメモチ、トキワマンサク、サザンカなどの常緑樹で季節感を演出する緑で囲い、車まわし部分にはケヤキ、クスノキ、クロガネモチなどで、なるべくナチュラルな感じでボリューム感を出します」

また、優等生の答えが返ってくる。本当は雑木林と原っぱだけでいいのだが、季節を感じさせる植栽計画でなければならないことを、林洋子は心得ていた。宗像は時間を稼ぐためにわざわざ必要もない「花暦」を要求し、「真弓」について知っていることがあれば教えて欲しいと伝えた。心の中では、植物ではない「真弓」の消息なのだが……。

ここは、真弓のふるさとなのだ。桜の木よりもふさわしいかも知れない。真弓が戻ってきた時、真弓のピンクの実を見たら……と夢想した。


そんな日が何日か続き、睦月から如月へとカレンダーが変わった。しかし、絵美と片桐からの連絡はなかった。どうなっているのだろう。宗像は焦り始めた。あと二カ月しかない。絵美や片桐に自分から様子を聞くのも変だし、聞いても解決策はなかった。やはり日下しかないと考え、受話器を握った。

「やあ、宗さん元気」

「部長、その後リストラの件はどうなっているのでしょう」

「リストラ、あぁ、それはない。そちらをしっかりやってよ」

プロジェクトチームの一員として恥ずかしくないように頑張ってくれと一人で喋り続けた。宗像は言葉を遮って、

「代わりに片桐がリストラですか」

「いや、それは米ちゃんの担当だから、僕にはわかんないな、米ちゃんと代わるよ」

そう言って逃げるように電話を保留にした。暫くして米原課長が電話に出て、

「お電話代わりました」

と言って、急に小さな声で、

「その話は勘弁してよ。最終決定は人事部がやるので、私じゃありませんから」

「なにを言っているの。俺のリストラを取りやめて片桐にしたのは課長と日下部長でしょ」

「いや、部から一人というのは社の方針だから、仕方ないよ」

「それなら、他にも候補はたくさんいるでしょ。あなたも含めて……片桐じゃないといけない理由はどこにある。もともと俺だったわけだから、おかしいよ」

「そんなこと、私に言われてもねぇ、宗さん残れたんだからいいじゃないの」

「なんだと、じゃ、俺が辞めれば片桐は残れるということか」

思わず、語気が強くなった。

「えぇ、そうなりますね、でも勝山部長の手前、宗さんは辞められないでしょ」

米原はにべもなく応えた。宗像はこれ以上話しても無駄だと思い「わかった」と言って受話器を置いた。そして、二月中旬の中間報告の会議までに植栽プランを急がなければならないと心を決め、その日から残業を続けた。林洋子のプランをベースにエントランス周りやカスケード周辺、コートヤード周辺などの植栽を考え、修正を加えるなどチェックに余念がなかった。また、何度も現地に足を運んで実測などを試みた。森らしさを出すには五メートルから十五メートルの高木が必要だ。マテバシイやアラカシ、メグスリノキ、ヤマモミジなどにさりげなくヤマニシキギを加えた。

林洋子の思いもよらぬ「真弓の木のふるさと」提案に、むしろ宗像が拘り始めていた。大切な人を失った人はその人の不在を前提とした生き方を模索しなければならない。宗像は真弓に何もしてあげることができなくなった今、この街を真弓のふるさととして残してあげようと思い始めていた。しかし、あくまでも桜がメインの植栽計画でなければならない。桜の森に密かに紛れ込む真弓の木は艶やかな桜の季節には清楚な緑白色で佇み、ピンクの実が垂れ下がる真弓の誕生月に人知れず艶めき出す。宗像はそんな妄想を抱きながらプランを練っていた。

勝山の上司である役員が出席した中間報告の全体会議で、林洋子はパワーポイントを駆使して植栽計画をプロジェクターに映し出し丁寧に説明した。その他のチームの建物や施設などさまざまな計画の報告は、まだ検討中が多かったが、植栽計画だけはほぼ完璧に近かった。そのせいもあってか玉川上水の桜並木が話題に上った。

「そもそも、あのエリアはなんで桜に関係があるの」

唐突な役員の問いに誰も答えられずにいると、林洋子は学生のように挙手して立ち上がり、玉川上水の桜の歴史について語り始めた。

「小金井の玉川上水の桜並木は、吉宗の時代に奈良の吉野山と茨城の桜川からヤマザクラの苗木を取り寄せて植樹されたものです。明治時代から明治天皇や皇族も見物に訪れるほどの桜の名所でした。そして、大正時代に史跡名勝天然記念物法により小金井桜として名勝に指定されています。ところが昭和二十五年頃から五日市街道の拡幅整備などで交通量が増え、桜並木が衰えかつての面影は消え始めたのです。引き換えに小金井公園が整備開園され、現在は小金井公園が『桜の名所』として人気を集めています。以上のことから、この一帯は未来へ桜を継承していく必然性があります。子どもたちへ桜のバトンを渡すのが、この開発の大きなミッションと考えています」

「なるほど、桜のバトンという考え方はいいね。コンセプトは桜の森だけどさ、秋になるとリンゴや柿が収穫できるとか、冬でもヒノキとか黒松などの緑のあるものもほしいね。それぞれの四季を表す森のイメージだから、お客さんにはパースだけでなくビデオで見せるほうがいいよ。代理店と相談して創ってくれる」

林洋子へ顔を向けてそう言うと、ヤニ切れのようで席を立っていった。宗像は森にリンゴや柿はないだろうと思いながらも柿という言葉に脳が触発されていた。住宅購入時、可南子が好物の柿の木を庭へ植えたことが甦ったからである。二十年以上たてばあの高さになっても不思議はない。やはり、三人で過ごした家はあの場所に違いない。

「宗像さんと林さんのチームは順調ですね。あとは、森のイメージ動画を制作してください」

勝山が会議をまとめ始めた時、久しぶりに絵美からメールが入ってきた。

「各担当、次回の打ち合わせまでそれぞれのプロトコルを済ませてください。それじゃ今日はこれでお開きにします」

勝山の声が広い室内に響き渡ると同時に、宗像は立ち上がって喫煙室へ直行した。たばこを銜えながら絵美のメールを開いた。

「宗さん久しぶり、今、私、屋上、今日は暖かいね。スカイツリーは二十八日に六百超えるらしいよ。もうすぐ、ムサシだね。ところで、そっちの武蔵野はどう、まだ終わらないの。絵美はつまんないよ。忙しそうだから連絡しなかったけど、片桐さんはピンチみたい、宗さんのせいでリストラされるって噂が広がっているの。私と同期の成瀬という女の子がね、営業から開発にまわされて、片桐さんの仕事引き継ぐって、それで急に噂が広まったの。宗さんはコネを使ってうまくリストラを免れたけど、片桐さんはそんな力ないから無理だろうって噂しているの。でも片桐さんには誰もなにもしない。見て見ぬふり、みんな薄情なのよ、このままじゃ、宗さん悪者になっちゃうね」

薄情という言葉の響きに懐かしさを覚えた。可南子によく言われた言葉である。真弓と可南子が真剣だった中学受験やその後の学校生活など、宗像は仕事にかまけて見て見ぬふりをしてきた。そのことが引き金となって失踪したと思い込んでいる可南子は、宗像を薄情者と罵った。薄情の次は悪者になる。

「片桐の件、連絡ありがとう。武蔵野の仕事は一段落ついたので、二、三日中にそっちへ顔を出す。誰が言っているのか知らないが俺はコネなど使っていない」と絵美へ返信し、勝山のデスクに向かった。植栽計画もほぼ目処がついたので、出向を辞退したい旨を伝えるためである。

「なにを言っているのですか、まだ、最低、五年はかかりますよ、最終的な竣工までは七年。そのくらいわかっているでしょ。仮に植栽計画が済んでも役所との折衝もあるし、建物プランや設備の件の助言も頼みたい、とにかく辞退は困る」

歯牙にもかけない口調で言い切られた。

「あとのことは彼女で充分できると思う」

「林さんから聞いていますよ、突然、仕事のペースを上げてきて吃驚したって、私の能力ではとてもあのスピードにはついていけないが、宗像さんと組むと仕事がスムーズに済んでしまうので不思議だって、だから、彼女の面倒見てよ、これからも」

「彼女が先にプランを出してきて、俺はチェックしただけ、才能もあるし、頑張り屋だし、ここまでくればもう大丈夫だよ」

宗像はそう言いながら、勝山に見透かされているような気がした。

「あれっ、ひょっとして宗さん、なんかワケあり、ちょっと行こう」

勝山は宗像の顔色を伺うようにして、立ち上がり応接室へ向かった。宗像もあとを追いドアを閉めた。腰を下ろすと、

「どうもおかしいと思っていました。あまりに早いから……プランの上がりが……宗さんの力なら不思議はないけどさ」

「それは、彼女のスタッフが土日も働いてくれたからで、俺の力じゃない」

「それを指示したのは宗さんでしょ」

宗像はそのことには触れずに、

「とにかく、ここで一旦、手を引かせてくれないか」

「水臭いな、なにがあったというの、二十年前の真弓ちゃんの時だって私には話してくれたじゃない」

宗像は真弓と言われて動揺した。あの時も勝山と喫茶店で休憩した折りに「なにか悩みでもあるのですか、水臭いですよ。話して下さい」と言われるままに打ち明けてしまった。初夏の日差しが汗を呼ぶ日だった。今日は暑すぎる暖房が汗を呼びそうだった。仕方なく、宗像は自分のリストラのことや代わりに辞めさせられる片桐の事情などを話した。すると勝山は大きなため息をついて、

「宗さんの人の好さは変わらないね。片桐という六人家族を救うために自分が犠牲になる、宗さんは、今、八百世帯、一家族三人から四人として約三千人の幸せを創る仕事をやっているわけですよ。宗さんしかできない仕事ですよ。今時、リストラなんてどこにでもある話でしょ、そうしないと企業はやっていけない時代ですからね、他人の胃袋を心配してどうするの」

宗像は自分でなければできない仕事がある、とは一度も思ったことがない。誰でもできるとまでは言わないが、必ず代われる人はいると思っている。真弓が失踪してからは仕事への情熱を失ったせいで、特にそうなった。逆に自分しかできなかったことから逃避したという後悔の念があった。ひとつは真弓の捜索である。半信半疑であっても、神憑り的であっても、飛鳥のあのときの気の行方をなぜ辿らなかったのか、と、思い出しては悔やんできた。もうひとつは、中学一年の三学期に真弓の成績が極端に下がった時である。可南子はそのことを気にかけ、叱責するよう頼んできた。「今から頑張らないと大学へゆけなくなるよ」そんな他愛のない言葉に「お父さんに私のなにがわかるの」と、これまで反発のかけらも見せなかった真弓が急に反抗心をあらわにしてきた。吃驚した宗像は、反抗期だからそっとしておこうと可南子に伝え、それ以来、真弓に真剣に向き合おうとしなかった。その頃からいじめられていたのかも知れない。「今」を逃したのはその時が始まりである。

「自分にしかできないことって、そうたくさんあるものではない。それが今なんだ、俺以外に代われる人がいない。申し訳ないが頼むよ」

「宗さんに頭さげられると弱いな、じゃ、仕事も余裕があるから十日くらい休暇を取って旅行に行ったことにしておきます。それまでに解決して戻って来てください」

戻れるはずはなかったが、曖昧に首肯《うなず》いてその場は終わった。机の整理にとりかかっている時に、絵美から再びメールがあった。

「大変なことになったわよ。片桐さんの奥さんが人事に電話してきたの。辞めさせないでくださいって泣かれて困ったらしい、課長が。十七歳の高校生を筆頭に四人のお子さんがいるので、一家心中するしかないみたいなことを言われて、課長もほとほと困って開発部が決めたことだからって米原課長に電話まわしたみたい。その後どうなったかわからないけど、うちの課長と部長は、開発もひどいことをするね、独り者の宗像の代わりに四人の子持ちの片桐じゃ、他に候補はいないのか、なんて他人事のように話しているわよ。宗さんホントに悪者になっちゃうね。なんとかしないと」

「連絡ありがとう。なんとかする」

返信後、勝山に承諾を得て二カ月ぶりに飯田橋へ向かった。東西線の電車の中で、自分にしかできないことをやるのは片桐の家族のためではない。自分が悪者にされるからでもない。自分にできることを逃さないためだ。真弓への贖罪の気持ちからだ。そう言い聞かせていた。ふと、まだ真弓を探すこともできるかも知れない。飛鳥のいるおとぎ村へ行けば手がかりがあるのかも知れない、ひょっとすると真弓はあのおとぎ電車に乗ったのかも知れないと夢想した。

八階のドアを開けると、開発部の一角には日下も米原も片桐もいなかった。二十代の男子社員二人が坐っていたが、突然の宗像の姿に唖然とした風で言葉もなく頭を下げた。かつて宗像が坐っていた席でパソコンを眺めているのが新人の成瀬という女子社員だと一目でわかった。部長席の隣に置いてある二人用の応接席へ向かうと、宗像と同年の用地部の部長の吉田が目ざとく見つけて、

「宗さん久しぶり、今度は大きなプロジェクトだってね」

と駆け寄ってきて腰を降ろした。

「俺の席はもうここにはないみたいだな」

腰かけながら自嘲気味に言ったつもりだったが、吉田は、

「宗さんうまくやったね、いいコネを持っていて羨ましいよ。戻ってくれば役員席が待っているって専らの噂だよ」

と、真顔で言った。

「コネとか役員とか誰が言っているの？　リストラ候補のトップバッターだよ、俺は」

「能有る鷹は爪を隠すって、能のない鳶《とび》たちが騒いでいるよ」

「なんだよ、それ」

「俺も社長に呼ばれて説教されたよ、部長なら公団跡地のような大きな土地持って来いって、持って来れば宗像がプランを立てるって、これも宗さんの影響だよ」

「俺のせい、それはないでしょ、俺はもうすぐこれだよ」

と開いた手を首にあてて空を切った。

「それは片桐、宗さんはこれ」

と言って吉田は右手親指を立てた。

「冗談はともかく、日下部長知らない」

「会議室で揉めているみたいだね。片桐の件だろう。人事も来て、さっきからずっとやっているよ。それも宗さんの影響、うちの部は柳田がちょうど定年だから揉めずに助かったよ」

締め切った会議室のドアを顎で示しながら吉田は言った。会議室へ入るのは憚れた。自分の座る机もない。吉田を相手にしているのも億劫だった。

「ここじゃ、たばこも吸えないいか」

たばこを出し吸う振りをして席を立ち、廊下へ出て階段を上った。

そして、「今、屋上にいる」と絵美にメールした。当たり前のことだが、久しぶりに眺めたスカイツリーは先が細くなり丸く見えた。たばこに火をつけ、新調した携帯灰皿をポケットから出した。

絵美が屋上へ顔を出したのはそれから二十分ほど過ぎた頃だった。

「大変、大変、宗さん、久しぶりね」

いつもの絵美に懐かしさを感じた。

「去年の暮れから人事部の隣の会議室に使っていた部屋がキャリア開発室という部署になったのね、そこへ今片桐さん異動させられてきたのよ」

「えっ、なにそれ？」

「他に七人いるけど、なにをしているかわからないの、新たな技能を身につけて異動先を探すのが目的の部署って言っているけど、そこで、次の仕事を探しなさい、ということらしいの。山田課長が室長を兼務しているけど、一緒にいると鬱になりそうだと言いながら二月末までには決着させるって部長に報告していたの、どういう意味だと思う」

「窓際から追い出し部屋に進化したのか、三月末で解雇ということだろう。本当は俺だったのに」

絵美はすぐ戻らないといけないと言いながら、一本だけと独り呟いてライターを擦った。

「宗さん、気にしないで聞いてね。課長と話している片桐さんの奥さんからの声が受話器からこぼれて聞こえてきたのね、本当は宗像さんが辞めるはずなのに、なんでうちの人が辞めなきゃいけないの、コネのない人が犠牲にならなきゃならないの、事情説明してください、高校生の息子も家出しちゃったと凄い剣幕で怒鳴られ泣かれたらしいの、それで山田課長はあわててそれは開発部が決めたことだからと言って電話回したのよ、それから暫くして八階から呼ばれたみたい、そしたら、さっき、片桐さんが移動してきたのよ、荷物を抱えて。宗さん悪者になっちゃうね。なにもしていないのに」

屋上の風は冷たい。コートを纏っている宗像はともかくも、制服姿の絵美は凍えそうな感じだ。

「息子が家出、それ片桐知っているの。やはり、俺が辞めればいい……」

「だめよ、絶対だめよ、辞めるなんて言っちゃ」

宗像の脳裏を真弓の失踪が過った。なぜ、長男の祐太朗が家出したのだろう。それが気になった。

時計を見ながら絵美は宗像の言葉を制し、

「戻らなくちゃ」

といいながら、宗像の灰皿に煙草を押しつけ、

「あっ、そうそう、アレ、三月二十日頃完成だって、それとね、宗さんコネじゃないって言うけど、縁故で入った会社だから、やっぱりコネだってみんな言っているのよ。でも気にしないで、じゃあ」

スカイツリーに顔を向けて言うとあわただしく出て行った。宗像は啞然とした。解雇された会社へ出向してもコネと言われるのか……。

暫くして、宗像も八階の開発部へ戻ってみたが日下と米原の姿はなく、しかも会議室のドアは開けられたままになっていた。

「あっ、係長。外階段の喫煙所にいらっしゃらなかったので、てっきり帰られたのかと……部長たちは、ちょっと前に出まして、今日は戻られないそうです。すみません」

入社三年目の吉永は宗像が来たことは伝えたが二人で外出してしまったと弁解するように言った。まだ、五時前だった。

「すれ違いか、じゃまた来るよ」

そう言って部屋を出た。そして、宗像はもう一度屋上へ上がった。こんな状況では出ないかも知れないと思いながら片桐の携帯に電話を入れた。出なければ帰ろうと思っていたが、予想に反して片桐は元気な弾んだ声で、

「宗像係長、お久しぶりです。会いたかったですが」

「片桐、傍に誰かいるなら黙って聞いて応えなくていい、今、屋上にいる」

「えっ、お、おくじょう」

「応えるな、来られるなら来い、切るぞ」

「は、はい、か、鍵は」

たばこに火をつけ、追い出し部屋にいるならみんな仲間だろう、そんなに慎重になることもなかったか――宗像はもうすぐ完成するスカイツリーへ向けて煙を吐きながら思った。

ほどなくして、錆びついたドアの軋んだ音が響いた。

「屋上、入れるんですね、吃驚しました」

「俺の代わりにリストラ候補にされて悪かったな」

「いや、今日からキャリア開発に部署が変わりましたから、リストラはされません。さっきまで、

日下と米原課長と人事の山田課長と話し合って決まりました」

なんと言えばいいのか、宗像は面食らった。こういった思い込みが片桐の良さかも知れない。おそらく、奥さんが電話してきたことも、二月二十八日までに次の仕事が探せなければ解雇になることも知らないのだろう。

「係長もコネを使ってうまくやりましたよね」

「コネって、なんのことだ」

絵美の話といい、用地の吉田といい、どうも気になる。

「米原課長が宗さんはリストラされる前に勝山という人のコネを使ってうまくやったって、日下も宗さんにはまんまとやられたって、戻ってくれれば役員だって、仕方がないから代わりに私に辞めてもらうというのが昨日までの話だったのですが、なぜか今日は風向きが変わって新しい部署に」

「片桐ね、お人好しもいい加減しろよ。俺はコネなど使っていない。勝山にも岡村常務にも頼んだ覚えもない。全部でたらめだ。俺は会社を辞めるつもりだから」

「えっ、嘘でしょ。なぜ辞めるのですか、辞めないで役員になって戻ってくださいよ。ぼくも安心できますから」

「役員なんかなれるわけないし、なるつもりもない。宗像が辞めるから私を開発へ戻せと日下と米原へ言え、わかったな」

「そんな、辞めないでください。私は別にキャリア開発室でいいんですから」

宗像は話しても無駄だと思った。

「もう五時か、早く帰って、奥さんと子どもたちを安心させてやれよ」

夕焼けに染まりはじめた空にぼんやりとスカイツリーが霞んで見えた。

飯田橋駅で「久しぶりに時間がとれたので食事をしないか」と倫子へメールを入れた。すぐに返信があり「珍しいわね。利クンから誘うなんて、じゃ、私、焼き肉食べたいからいつものところで、七時に予約しとくね」
二人の勤務地が新宿高層ビル街にあった当時から通った歌舞伎町近くの焼き肉屋である。あれから何度かリニューアルされたり、経営者が変わったりしたが、その店を指定された時、倫子ならおとぎ村のことを覚えているかも知れないと思った。総武線に乗り新宿で降りたが、待ち合わせの時間には早かったので、真弓を探し歩いたことを思い浮かべながら夕暮れの歌舞伎町を歩いてみることにした。そして、年末の忘年会の時、勝山からコマ劇場の解体は三月十日から始まると聞いていたことを思い出した。足は自然とそこへ向かった。まだ、発表の段階ではないが、跡地にはホテルとシネマコンプレックスを核とした複合ビルが建つということも聞いていた。仮囲い塀が施されたコマ劇場と新宿東宝会館、それに歌舞伎町シネシティ広場やイベント・レジャースペースなどを含めた広大な土地は、やがて新宿を代表するエンターテインメントシティに生まれ変わるのだろう。そんな夢想をしながら、広場の石柱に腰かけてたばこを吸った。当時の店など跡形もないが、宗像はここにも真弓に纏《まつわ》る過去の落とし物があることを悟っていた。ポケットの携帯が震えた。絵美からメールだった。

「もう帰ったの、久しぶりに飲みたかったのになぁ、ところで宗さん片桐さんに会ったの、部長と課長が話していたけど片桐さんが新しい部署で頑張るって言ったから、今日のところは一安心だって。暫く様子をみて仕事を探せないようなら依願退職じゃなく解雇にする方針みたいね。ところで、宗さん今度いつ来る、連絡お願い」

絵美に自分の今の気持ちを伝えるわけにはいかない。

「スカイツリーね、アンテナが取り付けられるゲイン塔のリストアップが行われると六百を超えるらしい。雨とか風とか天気の具合にもよると思うけど、今月の二十八日予定。その日、屋上で会おう」

と送信して焼き肉屋へ向かった。


「利クン、遅かったじゃない、どうしたの？」

すでに、倫子は席に着いてオーダーを済ませていた。五分も遅れたわけではないが、いつもの倫子の口癖である。

「早く着いたので、ちょっとコマを見てきた」

「コマ劇場、もうないでしょ」

怪訝そうに目を大きく開いて少し口を尖らす。

「いや、閉館してから二年以上経つが解体は三月十日からで、四、五年で新しい街ができる予定らしいよ」

「十日、東京大空襲のあった日よね。母方の祖母が亡くなったの、浅草で、三月十日は母に連れられて必ず墓参りに行ったわ、高校生くらいまでだけどね」

「東京大空襲なんて、生まれる前の話だから誰も知らないよな」

「そんなことないわよ、七十歳以上の人はみんな覚えている、十万人も死んだのよ、それよりもコマの開発スピード遅くない、二年も過ぎているのに」

運ばれてきたワイングラスを手に持って、なんでも早くやらないと気の済まない倫子らしい興味の示し方に、宗像は、

「開発プランはそう簡単にできないよ。必ず、いろんなことが起こるからね。そう言えば昔のことだけど、おとぎ村でのリゾート開発の話、覚えている。ノリが切符とか宿とか手配してくれて、俺が調査に行ったやつ」

と訊ね返した。

「おとぎ村」

カルビとロースを網に載せながら倫子は首を捻った。

「東北だけど、覚えていない」

宗像はキムチを口に運んで再度問うた。

「東北ね、おとぎ村なんてあったかしら。飛行場がある福島の須賀川とか、宮城の白石とか……山形の米沢にゴルフ場の計画もあったわね、あとは群馬の赤城山とか榛名湖、新潟の湯沢……おとぎ村なんて思い出せないな、利クンだけじゃなくあの頃はみんな方々に出張して活気があったよね。今考えてみると、バブル崩壊の最後のあがきだったのよね」

一瞬、宗像は湯沢と言われて、真弓が脳裏を掠め、たじろぎそうになったのを堪えて、話を無理矢理繋いだ。

「福島で乗り換えたのは覚えているけど、どの辺におとぎ村があったのか思い出せない」

「ネットでわかるでしょ、でもそれがどうしたの？」

「それがネットに載っていない。平成の大合併でなんとか市になったのかも知れないけど」

「だから、それがどうしたの」

苛立ったような語気になるのもせっかちな倫子のいつもの癖だ。

「有給がとれたから、そこの温泉にでも行ってみようかと思って……」

「こんなに寒いのに、雪、大丈夫なの？」

「あっ、そうか、雪か」

冬になると道は雪で覆われ車が通れない、じっちゃまが急病になったらどうしようかと思って。

そう言っていた飛鳥の顔が浮かんだ。

「それより、よく休みとれたわね。ほら、どこだっけ、中央線の、三鷹の方の仕事済んだの」

カルビを頬張りながら倫子は言う。

「とりあえず、一段落だけど、もう辞めようかと思って」

「えっ、今なんて言った？」

宗像の語尾が聞きとりにくかったのか、目を見開いて顔を突き出してきた。

「会社辞める」

「会社辞めるってどういうこと？」

箸を持ったまま、さらに目を見開いて語気を強めてきた。

「俺は、ずっと前からリストラ候補だった」

宗像が説明しようとする声を制するように、

「冗談やめてよ、利クンは開発のプロじゃない。現に今だって請われて仕事しているじゃない。なに言っているのよ、絶対辞めちゃだめ」

「ノリ、違う。落ち着いて話きいてよ」

宗像は倫子を宥《なだ》めるように今までの経緯を話し始めた。倫子は焼き肉とワインを交互に口に運びながら、珍しく口を挟まずに聞いていた。宗像の代わりに片桐がリストラの対象にされた件まで話が進んだ時、テーブルに置いてあった倫子のスマートフォンが青い光を点滅させた。倫子は素早く反応するとパターン認識をなぞった。そして、立ち上がると「ちょっと待って」と言って席を外した。その表情には今までの倫子が見せたことがない含羞《はにか》みがあった。（男）宗像は直感的にそう思った。男女を問わず友だちの多い倫子だが、宗像といる時は携帯に出ることが少なかった。会話中でも「構わないから出なよ」と言えば「いいのよ、たいした用事じゃないから」と言うことが多かった。暫く待ったが化粧室へ入ったと思われる倫子はなかなか戻って来なかった。宗像はワインから焼酎に替え、倫子の好きなミノを注文してたばこを吸った。

二本目のたばこに火を点けた時、倫子は化粧を直して戻って来た。

「仕事で急用が出来て会社に帰らなくちゃいけないの、せっかくだけどごめんね、さっきの話だけど、利クンの好きなようにすればいいと思う。私、利クンが身代わり地蔵になろうとする、そういうバカなところが大好きよ。ただどこまで行っても成就しないと思うけど、利クンは」

そう言うと、バッグとコートを持ってそそくさと出て行ってしまった。宗像は呆気にとられた。今までの倫子にはなかった行動である。そろそろ倫子との関係も切れるのかも知れない。仕方なく独りで残りの肉を網に載せ焼酎を呷った。外に出て駅へ向かったのは九時過ぎである。

宗像は中野坂上で降り二番出口から山手通りを東中野方面に歩いて左へ折れ、塔の山公園へ向かって歩いた。いつもの帰り道である。再開発された駅前と違ってアパートなどが多い住宅街は暗い。まだ、風は冷たく春は遠い如月の夜、妙に月が明るかった。公園中央の桜の大木の傍を通り、四メートルの高低差があるスロープを下り始めた時である。

背後から「宗像さんですよね」という若い声に振り向いた途端、右横腹に激痛が走った。「オレの家族をめちゃくちゃにしやがって」と大きな声を張り上げて走り去って行く少年の後ろ姿が、ぼんやりと見えた。

個人史の小説化——佐藤光直の時代

村上玄一

小説を執筆するにあたっては何のルールも設けられていない。書きたいことを、どのようにでも好き勝手に綴ってよい。だから小説を書きたいと思ったら、誰でも気軽な気持ちで取り掛かれる。しかし、読者が「面白い」と認めてくれなければ話にならない。退屈させてしまっては、その小説の存在価値は「無」に等しい。

そうならないためには、読み手が興味を抱くテーマ設定が必要となる。さらに読者を感心させるほどの描写力や構成力が要求される。

佐藤光直は、そんなことを知り尽くしている作家である。

以下、『おとぎ電車はどこへゆく』の作者のことを「彼」と記させていただく。

彼は昭和二十一年十二月十八日、山形県白鷹町に生れた。「団塊の世代」を二十二、三、四年生まれとするなら、ほんの二週間ほど外れてはいるが、この世代に含まれる一人といっていい。

この世代が何を体験し、何を感じて生きてきたか、それを「抽象化」したのが、この小説であろう。彼は自己の体験を踏まえながらも、敢えて自分の個性や感性を殺し、調査、取材を重視し、何度も何度も計算を繰り返して、この小説を成立させたのではないか、そんな気がする。

彼と私が出会ったのは昭和五十三年前後、同人雑誌「公園」創刊のときであった。この雑誌は伊藤桂一、駒田信二、林富士馬、眞鍋呉夫の四氏が編集委員的存在で、松村肇、大森光章の二氏が編集責任を務めた全国規模の同人誌だった。彼は三十歳を少し過ぎた頃、私は彼より二歳半年下だった。しかし、彼は年齢差を感じさせない男だった。

季刊誌「公園」は二年間八号で終止符を打ち、その仲間であった中村桂子、彼と私の三人で五十六年、同人雑誌「MAGMA」を創刊した。これは不定期で五号続いた。

『おとぎ電車はどこへゆく』の前半の三作は、この時期の「公園」「MAGMA」に発表した小説が基になっている。後半の二作は、それから時間を置いて平成になってから書かれたものだ。この経緯を私は知らないが、前半三作と後半二作では作品のトーンに違いが出ている。それは作者の小説に対する姿勢、あるいは主要登場人物たちの視線の変化である。前の三作は細部を丁寧に描写することに力を注いでいるが、後の二作では細部に拘るというよりも視野を広げようとしている。

この小説は主人公・宗像利彦の半生を描いている。

宗像の大学時代の物の見方、考え方は、成長するとともに変わっていく。佐藤光直は、その変化を文体によって表現してみせたのではないか。この小説は、彼の個人史の小説化である。単なる「自分史」とは次元が異なる。

前半の「花づくし」「青い焔」では主人公が「ぼく」、「揺れる被写体」では「私（可南子）」、後半の二作は三人称となって「宗像」と移る。

克明な心理描写で可南子から見た宗像を表した「揺れる被写体」を中に挟んで、前半の「ぼく」と後半の「宗像」は、同一人物でありながら余りにも年齢が離れている。これを描き分けるために一人称から三人称へと主人公を移行させた。それだけではなく、年齢に相応しく視線を変え、文体も変化させた。一人の男の半生を小説として作品化するために、佐藤光直は様ざまな工夫と実験を試みている。

私たちが生きている現実は、曖昧で矛盾に満ちている。小説にリアリティーを持たせようとすると、その作品も同様のものと化してしまう。そこがフィクションの難しさである。

彼は、そんなことは百も承知しているだろうけれども。

佐藤光直の時代感覚、生活感覚、仕事上の現場感覚、これらは彼独自のもので同世代に共通するものではないだろう。だが、同じ時代を生きてきた私たちと共有しているものはあるはずだ。

戦争は直接体験していないけれども、敗戦後の悲惨さを少しは知っている。教育は大雑把、受験は「狭き門」といわれたが大学は大衆化した。高度経済成長、大量消費時代到来、多くの若者は昭和元禄に浮かれていた。バブルの絶頂期を知っている。「偽りの平和」をその眼で確かめてもいた。

この小説にもいくつか登場してくるが、忘れられない出来事、事件、惨事も山ほどある。

ケネディー米大統領が暗殺された。三島由紀夫が自衛隊で割腹自決。元日本兵の横井庄一がグアム島から帰って来た。巨人の王貞治がホームランの世界新記録を樹立。田中角栄元首相が逮捕された。昭和天皇の崩御。

時期は前後するが、大学紛争・全共闘運動の盛り上りがあった。しかし東大安田講堂の落城、日航機よど号ハイジャック、連合赤軍連続リンチ、あさま山荘事件と続いた。

ベトナム戦争、湾岸戦争、イラク戦争、世界の各地で戦争は絶え間なく繰り返されている。ベルリンの壁は崩れ、ソ連は社会主義を捨てロシアに変貌、中国が経済大国として台頭してきた。

オウム真理教の数々の犯罪が発覚した。北朝鮮の拉致問題が急浮上。アメリカのツインタワービルがテロ攻撃で崩壊した。阪神・淡路大震災、そして東日本を襲った巨大地震のあと東京電力福島第一原発で大事故発生。

宗像利彦は、こんな時代を生きてきたのである。佐藤光直も私も。そして、これから何処へ行くのだろう。「おとぎ電車」の意味するものは何なのか。それを知っているのは佐藤光直の「想像力」だけである。真弓の行方も含めて続編を期待する。

佐藤光直（さとう・みつなお）一九四六年十二月、山形県生まれ。二松学舎大学大学院修士課程修了。フリーの雑誌記者、広告代理店でコピーライター、クリエイティブディレクターを経て一九八七年、株式会社ソフト商品開発研究所を設立、代表取締役。詩集『歌の器』『資本主義に酔う』、評論「金子光晴の世界」などがある。同人誌「公園」「MAGMA」に参加。

おとぎ電車はどこへゆく

二〇一六年四月十五日　第一刷発行

著　者　佐藤光直
発行者　田尻　勉
発行所　幻戯書房
郵便番号一〇一－〇〇五二
東京都千代田区神田小川町三－十二
岩崎ビル二階
電　話　〇三（五二八三）三九三四
FAX　〇三（五二八三）三九三五
URL　http://www.genki-shobou.co.jp/

印刷・製本　中央精版印刷

ISBN 978-4-86488-094-7　C0093